SV

Band 1555 der Bibliothek Suhrkamp

Cynthia Zarin
Inverno

Roman

Aus dem amerikanischen Englisch
von Esther Kinsky

Suhrkamp Verlag

Die Originalausgabe erschien 2024 unter dem Titel
*Inverno* bei Farrar, Straus and Giroux, New York.

Erste Auflage 2024
Deutsche Erstauflage
© der deutschsprachigen Ausgabe Suhrkamp Verlag AG, Berlin, 2024
© 2024, Cynthia Zarin
Alle Rechte vorbehalten. Wir behalten uns auch eine Nutzung des Werks
für Text und Data Mining im Sinne von § 44b UrhG vor.
Umschlaggestaltung: Willy Fleckhaus
Satz: Satz-Offizin Hümmer GmbH, Waldbüttelbrunn
Druck: Pustet, Regensburg
Printed in Germany
ISBN 978-3-518-22555-4

www.suhrkamp.de

# Inverno

Für Jane

Caminar Sopra 'l giaccio, e à passo lento
Per timor di cader gersene intenti
Gir forte Sdruzziolar, cader à terra
Di nuove ir Sopra 'l giaccio e correr forte
Sin ch'il giaccio si rompe, e si disserra;
Sentir uscir delle ferrate porte
Sirocco Borea e tutti i Venti in Guerra
Quest é 'l verno, mà tal, che gioja apporte.

    Antonio Vivaldi, »Inverno«, *Le Quattro Stagioni*

Auf Eis gehn, Schritt für Schritt
langsam, vor Angst zu fallen,
wir drehn uns, rutschen, stürzen,
stehn auf und laufen weiter übers Eis
bis es birst und bricht,
wir hören durch das eiserne Tor
die Winde tosen von Nord
und Süd im Widerstreit
mit all den andern Winden,
Winter! mit den Freuden, die er bringt.

*Sie wurde zu früh wach. Sie war spät eingeschlafen und nachts aufgewacht. Lichtstreifen fielen auf die ausgefranste Stelle des chinesischen Teppichs. Die Quaste am Rand des grauen Vorhangs fing das Gleißen auf wie eine Rose das Licht von Autoscheinwerfern. Sie war später heimgekommen als geplant und hatte die Tasche mitten im Zimmer auf dem Fußboden stehen lassen. Irgendwann gegen Morgen ein Alptraum. Sie wollte das Licht im Flur ausschalten, doch in ihrem Traum war der Lichtschalter erleuchtet, er war blau. Sie durfte ihn nicht berühren. Im Halbschlaf war ihr nicht klar, ob es die Tür vom Schlafzimmer zum Flur in ihrem jetzigen Haus war, dem Haus, in dem sie seit Jahren wohnte, die Tür von dem grünen Zimmer, wo man vom Bett aus auf das Bild von einem Vogel in einem Blumenstrauß blickte, das über dem Kaminsims hing, oder ob es die Tür ihres Kinderzimmers war, die zu dem Raum führte, den ihre Brüder sich teilten? Oben schliefen die Kinder, träumten. Waren die träumenden Kinder ihre Brüder, mit offenen Mündern schlafend, der eine blond, der andere schwarzhaarig wie im Märchen? Oder waren es ihre eigenen Kinder, sogar im Schlaf x-beinig, stets bereit, im Handumdrehen hellwach zu sein, bereit für das Spiel, das nur dann galt, wenn ein Alptraum sie aufgeschreckt hatte: Was hast du geträumt? Gib mir den Traum. Sie streckte die geöffnete Hand aus.* »Da!«, *sagte sie.* »Jetzt hab ichs!« *Sie klopfte mit der Hand auf die Tasche. George hatte es gern, wenn sie ihm über die Lider strich, mit dem Zeigefinger bis zum Ansatz des Wangenknochens, eine winzige Muschelschale. Nein, sie war im grünen Zimmer.*

※

Caroline steht an den Sportplätzen im Norden des Central Park im Schnee. Es ist Februar. Bauarbeiten sind im Gange – oder waren es zumindest –, die großen gelben Baufahrzeuge stehen still, trotzdem muss sie einen Bogen um sie machen. Sie geht in südöstliche Richtung, auf die Seventy-Ninth Street zu, durch den Park. Es ist eisig. Der Himmel zinngrau. Die Eisengeländer sind so kalt, wenn sie eine Hand aus dem Handschuh ziehen und das Eisen berühren würde, würden ihre Finger bestimmt daran festfrieren. Doch sie ist es, die festsitzt. Sie trägt einen Mantel aus Schafsfell und eine Mütze aus Fuchspelz. Die hat sie von ihrer Tante. Als Caroline mit der Mütze auf dem Kopf bei ihr vor der Tür stand, sagte ihre Tante: »Siehst du, ich wollte die Mütze schon dem Blindenverein spenden, aber dann hab ich mir gedacht: Caroline wird sie noch tragen.« Sie trägt sie im Schnee, während sie Richtung Osten geht und auf Alastairs Rückruf wartet. Ihr Mobiltelefon hat sie auf Vibrieren gestellt und in den Handschuh gesteckt.

Vor dreißig Jahren, als Carolines Telefonate mit Alastair begannen, gab es zwei Möglichkeiten: In ihrer winzigen Wohnung hatte sie ein Telefon mit Wählscheibe, dessen Hörer wie eine schwarz angelaufene Krabbe in der Gabel hockte. Wenn man einen Anruf machen wollte oder annahm, hob man den Hörer ab und klemmte ihn unters Kinn, die eine Muschel ans Ohr gedrückt, die andere vor dem Mund. Kann ich erklären, wie intim dieses Verhältnis zum Telefon war? Die beiden gerundeten Muscheln zum Hören und Sprechen waren gleich geformt, beide mit kleinen Löchern versehen, durch die der Ton eindrang und austrat. Der Hörer war mit einem schwarzen Spiralkabel an den Apparat angeschlossen. Ein solches Kabel konnte unterschiedlich lang sein. Wenn das Telefon ein langes Kabel hatte, konnte man mit dem Telefon in der Hand umhergehen, wenn es kurz war, saß man beim Telefonieren neben dem Apparat. In jedem Fall war man angebunden. Das Telefon war an eine eigene Steckdose in der Wand angeschlossen, die sogenannte Fernsprechbuchse. Der Stecker war ein kleiner Quader aus durchsichtigem Kunststoff. Die runde Wählscheibe des Telefonapparats sah aus wie das Zifferblatt einer Uhr. Ziffern standen im Kreis um die Wählscheibe. Zu jeder Ziffer gehörte ein kreisrundes Loch, in das man die Fingerkuppe steckte, um die Nummern zu wählen. Beim Telefonieren hakte Caroline manchmal die Fingerspitzen in diese Löcher.

Auf Englisch heißt die Wählscheibe *dial*, ein Wort, das von dem lateinischen *dies* abstammt: Tag. *Dialis* heißt täglich. Im mittelalterlichen Latein gibt es den *rotus dialis*, das Rad des Tages, ein Ausdruck, der mit der Zeit jede runde Scheibe auf einer flachen Unterlage bezeichnete. Die Wärme des alten Telefonhörers, seine Wölbung, die man am Mund spürte – das lässt sich heute kaum noch vermitteln. Wenn jemand leise in den Hörer sprach, streiften die Lippen die kleinen Löcher. Und dann dieser Telefongeruch nach Plastik mit einem Kranz aus überhitzter Luft, der den Hörer umstand. Wenn man das Kabel durchschnitt oder es aus irgendeinem Grund aus der Wand gerissen war, sah man die bunten Drähte darin: blau, gelb, rot, grün. Das Reden war eine komplizierte Angelegenheit. Caroline hatte eine Vorliebe für schwarze Telefonapparate. Wenn das Telefon damals klingelte, war es meistens Alastair, aber sie musste zu Hause sein, um abheben zu können.

Die zweite Möglichkeit war die Benutzung eines öffentlichen Telefons. An vielen Straßenecken standen Telefonzellen. Immer an einer Straßenkreuzung. Auch in Läden und Restaurants gab es öffentliche Telefone. Man fragte einfach die Person, die gerade hinter der Theke oder an der Kasse war: Kann ich mal telefonieren? Oder wenn man für die Telefonzelle an der Straßenecke Kleingeld brauchte, fragte man, ob man einen Dollar in Vierteldollar gewechselt haben könnte, *fürs Telefon*. Die Telefonzellen an der Straße waren aus Metall und dickem

Glas. In New York wurden es später immer weniger in den Gegenden, wo Drogendealer sie für Übergaben benutzten. Deshalb musste man manchmal etliche Blocks weit durch Regen oder Schnee gehen, bis man eine Telefonzelle fand.

Es war warm in der Telefonzelle und meistens trocken. Leute vergaßen oft etwas in Telefonzellen: Schirme, Pakete, Geldbörsen. Beim Telefonieren waren sie abgelenkt, entweder durch das, was sie sagten, oder durch das, was zu ihnen gesagt wurde. Die zweiflügelige Klapptür ließ sich schließen, so war man für sich. Wenn man zu lange in der Telefonzelle blieb, beschlugen die Scheiben, und wenn man hineinging, nachdem jemand lange geredet hatte, war es drinnen ganz dunstig von fremdem Atem. Ein Anruf kostete zehn Cent, dann fünfzehn, dann fünfundzwanzig. Die öffentlichen Telefonapparate waren rechteckig und hatten oben drei Schlitze für Münzen, der Schlitz für das Zehncentstück war rechts. Ein Kabel verband den Hörer mit dem Apparat. In der Telefonzelle war der Bewegungsraum sehr eingeschränkt, man konnte beim Gespräch nicht umhergehen und trat nur vom einen Fuß auf den anderen. In jedem Fall, egal von wo man anrief, es gab immer einen festgelegten Umkreis, einen Radius, innerhalb dessen man einen Anruf machen konnte, man konnte nie eine bestimmte Entfernung überschreiten, die von der Stelle aus gemessen wurde, wo das Telefon mit der Erde verbunden war, mit den Nervenknoten aus Drähten, die aus dem Telefon hinausführten. Zeit war Geld. Ein langer Anruf kostete mehr als ein kurzer. Wenn Caroline aus einer Telefonzelle anrief und das Gespräch mehr als drei Minuten dauerte, schaltete sich die Vermittlung ein und sagte: Fünf Cent bitte. Sie hortete Münzen, erst Fünf- dann Zehncentstücke, später Vierteldollars in ihrer Jackentasche, die ein Loch hatte. Münzen rutschten hindurch und lagen schwer im Futter, als hätte sie vor, sich im Fluss zu ertränken.

Als Caroline Teenager war, kam es nicht selten vor, dass die Vermittlung ihr Telefongespräch mit den Worten unterbrach: »Dein Vater braucht jetzt die Leitung.« In dem Haus, wo sie im Sommer die Strandferien verbrachten, gab es eine Gemeinschaftsleitung: Fünf Familien in der Straße teilten sich eine Telefonnummer. Wenn man den Hörer aufhob und Stimmen hörte, galt die Regel: auflegen. Aber alle wussten immer über alles Bescheid. Heutzutage hat man Methoden, dasselbe zu erreichen – dieses Gefühl, dass andere über alles Bescheid wissen. Die ganze Welt ist eine Gemeinschaftsleitung. Damals meldete man ein R-Gespräch an, wenn einem das Geld zum Telefonieren fehlte, weil man entweder das Geld nicht hatte oder keine Münzen auftreiben konnte. Man konnte die Vermittlung ohne Münze anrufen und wurde durchgestellt. Bei einem R-Gespräch hob jemand am anderen Ende ab, und die Vermittlung sagte: »Caroline ist am Telefon, übernehmen Sie die Gebühren?« Was, wenn er Nein sagte? Diese Peinlichkeit. Nachrichten konnte man nicht hinterlassen; erst 1986 hatte Caroline den ersten Anrufbeantworter, der ans Telefon angeschlossen wurde und ein kleines rotes Warnlicht hatte, das blinkte. Auch damals schon wollte man nicht unbedingt jede Nachricht hören. An jeder Straße im Land zogen sich meilenweit die Telefonleitungen entlang, Holzmasten mit Kabeln, die sich darüberschlangen, ein Kettenstich über die Landkarte, Vögel saßen schwer auf den Drähten, Stürme fällten die Masten. Männer hatten die Aufgabe, die Leitungen zu reparieren, wenn es Schäden gab, sie hockten hoch oben auf dem Ausguck. Stiegen den Mast hinauf. Jetzt sind sie weg, die Linien, die die Leitungen in die Luft zeichneten, das Notenpapier, das sich durch die Wälder zog, auf dem Stimmen sangen, stritten, Pläne machten, Dinge anfingen und aufhörten. Ein Anruf von weit weg war ein »Ferngespräch«. Da Telefone fest an einen Ort gebunden waren, wussten die Anrufer immer, wo man sich befand, wenn man abhob, und wenn man nicht ans Telefon ging, wussten sie, dass man nicht zu Hause war, was manchmal hieß, dass man nicht dort war, wo man behauptete zu sein. In Manhattan verrieten die Telefonnummern, wo man war: CHelsea 3, MUrray Hill 7. Carolines Amt war TRafalgar 7. Man konnte nicht behaupten, an einem Ort zu sein, wenn man woanders war. Die Standortauskunft konnte man nicht *abschalten*. Vögel hockten auf den Drähten, schwarze Noten, arpeggi. Caroline stand im Park bei den Sportplätzen und hatte ihr Mobiltelefon im Handschuh, damit sie in der Handfläche fühlte, wenn er anrief.

Auf denselben hundert Quadratmetern, wo Caroline auf einen Anruf wartet – zu einem vereinbarten Zeitpunkt, als Caroline eigentlich eine Verabredung auf der East Side hat, doch hat sie alle Termine dieses Morgens vergessen und steht stattdessen durchgefroren im Park, weil sie nicht im Stadtbus mit seinen beschlagenen Scheiben oder im Taxi sitzen wollte, wenn und falls das Telefon klingelte –, hier also, auf diesen hundert Quadratmetern kauert Alastair vor vierzig Jahren im Dunkeln und schreibt mit einem Stock seinen Namen in den gefrorenen Matsch neben den Sportplätzen. Er ist fünfzehn. Er trägt einen Daunenanorak, der ihm zu klein ist und der schon an seinen Bruder vererbt ist, aber er will die Jacke nicht abgeben, weil er ihren Geruch so mag. Die Daunen dringen schon heraus, bohren ihre kleinen Kiele durch das Nylon. Unter der Jacke trägt er sein Schulhemd. Das Oberhemd ist weiß und etwas angeschmuddelt. Die Hemdzipfel hängen über die Hose. Seine Turnschuhe sind nass vom Schnee. In der Schule hatten sie in der Französischstunde einen Film gesehen, *L'Enfant Sauvage*. Er ist zu dünn angezogen für das Wetter, aber er denkt an das nackte wilde Kind, Victor, in Aveyron. Hatte Victor nie Kleider gehabt? Wie war das möglich? Er malt sich aus, dass er nackt im Wald ist, seine Haut wirft Falten vor Kälte. Er hat nachgelesen, wie das Wetter in Frankreich auf dem Land ist. Nachts im Wald kann es unter null sein. Alastair stellt sich vor, wie der Junge eine Kuhle in die Erde gräbt und sich mit Laub zudeckt. Im Naturgeschichtlichen Museum, wohin er früher zwei- oder dreimal in der Woche nachmittags nach der Schule mit dem Kindermädchen ging, gibt es einen Raum, in dem Feld- und Spitzmäuse in ihren Bauten unter dem Schnee dargestellt sind. Unter der Erde verlaufen kleine Tunnel, die manchmal in große, verschachtelte Kammern voll mit Schätzen und Speisen münden: alte Nüsse, verschrumpelte Beeren. In einem Raum sieht die Maus (oder er? War es ein Mausjunge oder ein Mausmädchen?) erschrocken aus, als wäre sie gerade vor etwas Bedrohlichem auf der Erdkruste draußen geflohen. So nämlich sieht es im Querschnitt hinter dem Glas aus: die Erde als Kruste. Sie bröckelt ein wenig wie ein altes Stück Toast, die feste Erde, überzogen mit dünnem Schnee, die sich über den Bau wölbt. Alastair nannte die Maus Mike. »Psst«, sagte er zu Mike und tippte durch das Panzerglas an seine Nase. »He, Mike, wie geht's?«, sagte sein Bruder Otto, schnitt gruselige Grimassen und starrte die Maus drohend an. Doch der ausgestopfte Mike rührte sich nicht. Er ließ sich nicht ärgern. Sie wussten damals noch nicht, dass Alastair Otto retten würde, zumindest eine Zeitlang. Alastair war nicht zu retten. In der Kälte im Park um acht Uhr abends, während seine Mutter meint, er sei an diesem Mittwoch bei seinem Freund Jason in Central Park West, um an einem Schulprojekt über Batterien oder Pflanzensäfte zu arbeiten, lässt Alastair die Sportplätze hinter sich – er ist jetzt etwa hundert Meter von der Stelle entfernt, wo Caroline steht – und nähert sich einem Robinienhain, der später zusammenschrumpfen sollte. Die Bäume fielen 1996 einem Sturm zum Opfer und wurden nach einiger Zeit beseitigt. Robinien wurzeln flach. Unter der obersten Schicht Erde sind die Wurzeln im Weg, die Wurzeln sind überall. Alastair hat kein Werkzeug, nur sein Taschenmesser. Er denkt an Mike und an den wilden Jungen und an die Art von Kuhle, die er für sich selbst anlegen will, wie ein Kanu in der Erde. Er möchte seine Kleider ausziehen und sich mit Blättern zudecken. Am Morgen wird er aufwachen, und alles wird anders sein. Der Park wird dann nicht mehr der Park sein, sondern eine Stelle im Wald. Er wird auf einer Insel sein, die noch niemand entdeckt hat, voll mit dichtbelaubten Bäumen und Bächen, und er wird an den Bach gehen und aus der hohlen Hand trinken. Kleine Fische schwimmen dann zwischen seinen Fingern hindurch. Im Sommer ging sein Großvater mit ihm im Wald spazieren. Wenn er sich verirrte, musste er auf Wassergeräusche horchen. Wenn man auf hoher See trieb und einen Vogel sah, hieß das, dass man nicht weit von einer Küste war. Im Winter aber, dachte Alastair, ist das Wasser gefroren, und man hört kein Geräusch. Als er vorhin am Bootsteich vorbeigekommen war, hatte dieser einen Deckel aus Eis. Sein Taschenmesser bringt nichts zuwege, und die Klinge wird schartig an einer Robinienwurzel oder einem Stein. Er stellt sich die Kuhle vor, sieht sie vor sich, er knöpft sein Hemd auf, seine Hände legen sich auf seine Haut.

Caroline steht im Schnee. Ihr ist so kalt, dass ihr der Ausdruck »erfrieren« in den Sinn kommt. Sie fragt sich, ob sie auch an der richtigen Stelle steht. Sie weiß von der

Kuhle und von der Maus Mike. Sie denkt an all das, was sie über Telefone weiß. Wenn sie eine Nummer wählt, schießt diese dann hinauf zu einem Satelliten und dann wieder zurück? Gewöhnliche Telefongespräche waren ihr immer schon ein Geheimnis. Mit »gewöhnlich« meint sie immer noch die Gespräche an einem Telefon, das mit einer schwarzen Kabelschlange fest an der Wand befestigt ist. Sie stellt sich gern die Gespräche vor, die über die Rezeptoren hin und her schießen. In dem Film *Sunday Bloody Sunday* hinterlassen Liebende in einer Dreiecksbeziehung an diesen Drähten entlang Nachrichten füreinander. Farben durchstrahlen die Gespräche, Rot, Gelb und Grün. Caroline meinte lange, sie selbst sei die alleinstehende Frau in dem Film, die den kalten Kaffee vom Vortag in ihre Tasse gießt, ihre Zigarette auf dem Teppich austritt und von dem Mann, den sie liebt, zurückgewiesen und betrogen wird. Er ist ein Wuschelkopf – es ist 1971 –, der lichterfüllte Skulpturen aus Glas herstellt und auch einen älteren Mann liebt, der eine Arztpraxis in der Harley Street hat. Doch sie irrt sich. Im Film betrügt der Wuschelkopf seine beiden Liebsten, sie aber ist nie betrogen worden, in ihrem Leben ist ihr nichts vorenthalten worden: Sie will bloß etwas, das nicht da ist, man hat ihr gesagt, dass es nicht da ist, doch sie meint, wenn sie es immer weiter will, wird ihr Wollen wie Wassertropfen auf Stein sein, Dinge können sich ändern. Eine Art magisches Denken, das aus Nichts Etwas macht. Caroline weiß es und weiß es auch nicht. Aber sie versteckt sich hinter der Maske der Frau, die ihre Zigarette austritt, weil sie auch der Mann ist, der die Skulpturen aus Glas macht, die sich im Abenddämmer mit blauem Licht füllen, jemand, die zwei oder drei Personen gleichzeitig liebt. (Zumindest war sie so jemand. Jetzt ist sie es nicht mehr.) Was ihr daran gefällt, ist das Theatralische, das Einsickern des Lichts in die Glasröhren. Alastair weiß das, er weiß auch, dass er ihr Herz stillstehen lassen kann, wie gerade jetzt etwa, denn er hat nicht angerufen, und sie erfriert, einhundert Schritte von der Stelle, an der einst ein Robinienhain stand, wo er in einer anderen Zeitraute versucht, mit seinem Federmesser, dem Geschenk von seinem Onkel Link zum zehnten Geburtstag, in eine Wurzel zu schneiden. Schnee fällt um sie beide herum. Glocken klirren. Es gibt nichts Schöneres, sagte Frank O'Hara in einem Gedicht, dessen Titel ihr jetzt nicht einfällt, einem Gedicht mit Zeilen lang wie Telefondrähte, nichts Schöneres als eine Ampel an der Park Avenue im Schneesturm, die von Rot auf Grün schaltet. Die Park Avenue ist zu Fuß etwa zehn Minuten von der Stelle entfernt, an der sie mit dem Telefon im Handschuh steht – wenn sie sich vom Fleck rühren könnte. Aber sie steht da wie eine Figur in einer Schneekugel. (Jetzt fragst du, ein erstes Zeichen von dir, während ich dir diese Geschichte erzähle: Also telefoniert sie auch viel? Als ich Kind war, benutzten wir einen *gettone*: »*Non sei mai solo quando sei vicino a un telefono!*« Das war der Slogan. »Mit einem Telefon in der Nähe bist du nie allein!« Vielleicht ja, vielleicht nein.)

*

In der Geschichte von der Schneekönigin haben zwei Kinder einander lieb. Jedes Mal, wenn Caroline die Geschichte liest, steht ihr das Herz still. Die Kinder sind Gerda und Kay. Die Geschichte handelt eigentlich von Gerda und Kay, und doch ist es die Geschichte der Schneekönigin, von einem kalten Stein im Innern der Liebe, der über einen zugefrorenen Teich hüpft. Die Kinder leben in Nachbarhäusern in einer Stadt – sie können von Dachfenster zu Dachfenster zueinander in die Wohnung springen und sich besuchen. Als Kind war Carolines Vater in Brooklyn von Balkon zu Balkon gesprungen, sein Fuß im Lederschuh streifte im Sprung das Geländer. Gerda lebt bei ihrer Großmutter. Vom Frühling bis weit in den Herbst wachsen wunderschöne rote Rosen an einem Spalier an ihren Dachfenstern. Gerda und Kay freuen sich jedes Jahr auf die Blüte der Rosen. Die Geschichte hat drei Teile. »Dies hier nimmst du«, sagt die Fee. Das ist das Problem, wenn man die Wahl hat: Es kann so sein, oder so. Im ersten Teil der Geschichte hat der Teufel persönlich einen Zauberspiegel gemacht, der alles Schöne in der Welt als etwas Hässliches, Tristes wiedergibt. Die Übersetzung aus dem Dänischen benutzt ein sonderbares Wort dafür: gekochter Spinat. Kann das stimmen? Der Teufel ist so stolz auf seinen Spiegel, er will ihn hinauf in den Himmel bringen, damit die Engel sein Werk bewundern, doch auf dem Weg lässt er den Spiegel fallen, und dieser zerbirst in Millionen und Milliarden Splitter, die auf der Erde landen. Manche Splitter sind nicht größer als ein Staubkorn. Bis heute fliegen sie in der Welt umher, landen unversehens im Auge eines Menschen und bringen diesen zum Weinen. Eines Tages, es ist Herbst, die Rosen stehen in der schönsten Blüte und fangen die blasse Sonne in der Wölbung ihrer Blütenblätter ein, spielen Gerda und Kay am Fenster, und Kay gerät ein solcher Splitter ins Auge. Zuerst trübt er ihm den Blick, er bittet Gerda, ihm das Auge auszuwaschen, und sie läuft, um einen kühlenden Lappen zu holen. Doch als der Schmerz in seinem Auge vergangen ist, ist die Sonne hinter den Wolken verschwunden. Für Kay sehen die Rosen jetzt aus wie aus altem Schuhleder, und Gerda ist gar so dumm mit ihrem feuchten Tuch und dem bangen Gesicht. Es fängt an zu schneien, dicke, weiche Flocken, groß wie Windrädchen, fallen auf die Terrasse. Kay holt seinen Schlitten, der silberne Kufen hat. Gerda läuft und holt ihre warmen Stiefel. Er schimpft sie aus, weil sie so langsam ist, dann springt er auf seinen Schlitten und lässt sie stehen. Der Schnee fällt ganz unnatürlich schnell. Ein schwaches Glockenklirren lässt sich vernehmen, ein Schlitten erscheint, und die Glocken rufen ihm zu. »Komm mit, komm mit«, sprachen die Glöckchen zu Kay, als er von seinem Schlitten mitten auf dem Stadtplatz aufblickte.

Der Schlitten ist aus Silber, und die Frau, die ihn lenkt, ist in dem Schneetreiben kaum zu sehen, denn sie trägt Kleider aus kaltem Mondlicht. Sie ist verrückt. Ihre Zügel sind aus Zinn. Ihr weißes Haar, das hinter ihr herweht, würde bis auf den Boden reichen, wenn sie stünde. »Komm«, sagt sie zu Kay. Ihre Stimme ist das Einzige, was er hört. Sie ist nicht über dem Wind, sondern darin. Sie ist aus Zuckerwatte, diese Stimme. Seine Augen tun ihm weh, und er versucht, mit seinem Fäustling, der hart von Eiskristallen ist, das Korn aus dem Auge zu reiben. Die Eiskristalle kratzen über sein Gesicht, und er verletzt sich über dem linken Auge. Das rosenrote Blut tropft in den Schnee, und Gerda wird es später entdecken. Die Stimme, die spricht, gehört der Schneekönigin. »Jetzt«, sagt sie. Kays Körper zieht es hin zu der Stimme, dabei dringt Eis in die Wunde über seiner Braue, und mit seinen eiskalten Fingern kann er nicht mehr seinen Schlitten halten. Er ist zu einem gefrorenen Seidenfaden geworden, der durch ein Nadelöhr gezogen wird. Der Schlitten schlingert unter ihm davon und zerschellt am Fuß der Ulme in der Mitte des Platzes, wo bei schönem Wetter die alten Leute sitzen und sich Luft zufächeln. Eine der Kufen ist verbogen, und eine Strebe ist zerbrochen. Später wird Gerda den Schlitten zu ihrem Onkel, dem Schmied, bringen, damit er ihn repariert, für wenn Kay zurückkommt. Doch Kay ist fort. Als der Schlitten unter ihm wegrutschte, hatte er nach dem Lasso mit den Glöckchen am Schlitten der Schneekönigin gegriffen, und das Lasso ist so kalt, dass er sich daran verbrennt, im nächsten Moment sitzt er in dem Schlitten, gefangen in der Lassoschlinge aus Stacheldraht, ganz unnötigerweise, denn er ist völlig gebannt, und es würde ihm nicht einfallen zu fliehen. Doch später wird er verhärtete Schwielen auf dem Rücken haben, die nie ganz weggehen, nicht einmal, wenn er als alter Mann, auf einem Auge blind, in den Wäldern leben und schreiben wird. Doch das kommt erst viel später, es dauert noch ein Weilchen, bis wir ans Ende der Geschichte kommen. *Wenn dich dein rechtes Auge ärgert ...*

Caroline ist ein paar Meter von dem inzwischen verschwundenen Schauplatz des Robinienhains entfernt, wo Alastair sein Messer ruiniert hat – ein Sternennebel, eine Maus im Bau, ein Junge unter einer Decke aus Laub, der die Fähigkeit zu sprechen verliert, eine Unterhaltung, die an den Wellenlinien der Kabel entlangsummt, ein paar Straßen entfernt von dem Museum, wo unter einer hohen Decke mit Fenstern, in einem Raum, der nach einem unter einem gekenterten Kanu verschwundenen Jungen benannt ist, eine Reihe auf dem Kopf stehender Muskatnussbaumstümpfe ausgestellt ist, ihre Wurzeln sind so gestutzt, dass sie aussehen wie Flügel. Der wilde Junge von Aveyron wurde 1788 geboren. Schon 1794 gab es Sichtungen. Ein grüner Junge, kein grüner Mann. Ein Junge mit Narben am Körper, der stumm war, der vielleicht missbraucht worden war, der keine Sprache hatte. Wäre er zu einem Grünen Mann herangewachsen? In der Kirchenarchitektur gibt es drei Versionen des Grünen Manns: der Laubkopf, der ganz und gar mit Blättern bedeckt ist, das speiende Haupt, das Vegetation aus dem Mund ausstößt, und das Blutsaugerhaupt, dem Blätter aus jeder Öffnung sprießen. Jean Marc Gaspard Itard, der Student, der sich um den wilden Jungen Victor kümmerte, glaubte, dass zweierlei den Menschen vom Tier unterscheidet: die Fähigkeit zur Empathie und das Sprachvermögen.

*

Es ist Winter, und die Robinien haben keine Blätter. Alastair hat es aufgegeben, im Dunkeln mit seinem Federmesser auf die Wurzeln einzuhacken, um sich eine Kuhle zu schaffen. Er zieht sich wieder die Kleider an. Er weiß, er reizt aus, wie spät es werden kann, bis seine Mutter möglicherweise – möglicherweise! – Jasons Nummer heraussucht und anruft, um zu fragen, wo er ist, und dann erfährt, dass Alastair gar nicht dort war und dass Alastairs Mutter nichts von einem Batterieprojekt weiß. Es ist sehr unwahrscheinlich. Alastair ist bei Jason, weil Jasons Mutter nicht zu Hause ist, sie geht jeden Abend aus, und er weiß, wenn Jason abhebt – wenn Jason überhaupt dort ist und nicht bei seiner Freundin Willa in der Seventy-Second Street, denn deren Eltern sind in London und die Haushälterin döst im Dienstmädchenzimmer vor dem Fernseher –, dann wird Jason automatisch Alastairs Mutter anlügen und sagen, dass Alastair »gerade aus der Tür« ist. Er wird lügen, ohne nachzudenken, wie Pavlov, wenn er die Stimme von Alastairs Mutter hört, die er gut kennt, denn er und Alastair sind seit dem Kindergarten befreundet, er wird sagen, dass Alastair nicht mehr bei ihm ist, oder wo auch immer er vermutet wird, Jason wird Alastair genau so darstellen, wie Alastairs Mutter ihn seines Wissens nach sehen möchte:

als den Jungen, der gerade den von Haushälterin Viola zubereiteten Makkaroniauflauf gegessen und seine heutigen Skizzen für das Batterieprojekt eingepackt hat, der sein Hemd in die Hose gesteckt und den Reißverschluss seiner Jacke hochgezogen hat, bevor er den Fahrstuhlführer rief, um sich die elf Stockwerke hinunterbringen zu lassen und dann die paar Straßen nach Hause zu Fuß zu gehen.

Nichts von alledem wird geschehen. Alastairs Mutter sieht eine Aufführung von *Moonchildren* im Royale Theatre in der Forty-Fifth Street. Danach wird sie zu Elaine gehen. Sie trägt ein pfauenblaues Wickelkleid mit Goldknöpfen und hochhackige Pumps von Delman, was sie bereut, denn es schneit. Sie trägt einen knielangen schwarzen Trenchcoat aus Wolle und eine ganz ähnliche Mütze, eine Fuchspelzmütze, wie Caroline sie vierzig Jahre später im Schnee trägt, während sie darauf wartet, dass das Telefon in ihrem Handschuh summt. Als Alastair und Caroline klein waren, an verschiedenen »Brettspieltischen«, oder auf dem Fußboden aus gehobeltem Fichtenholz in verschiedenen Cottages im Sommer, spielten sie Brettspiele. Parcheesi – dessen Regeln Caroline sich nie merken konnte –, Clue, Monopoly. Das Spiel, das ihr jetzt einfällt, heißt Operation: Es wurde genau genommen nicht auf einem Brett gespielt, sondern auf dem Piktogramm eines menschlichen Körpers, an dem je nach Spielzug eine rote Nase aufleuchtete. Zu Anfang jeder Runde bekam jeder Mitspieler eine »Doktor-Karte«.

Das Ziel war es, die Beschwerde, die der Figur namens »Cavity Sam« zu schaffen machte, mit einer Pinzette zu entfernen, ohne dabei an Sams Körper zu stoßen. Das war schwer. Die Plastikteile passten genau in die Vertiefungen in Rumpf, Armen und Beinen der Figur. Wenn man ungeschickt war, leuchtete Sams Glühbirnennase auf: raus. Die Beschwerden waren etwa Wünschelknochen, Schmetterlinge im Bauch, Schreibkrampf und Gebrochenes Herz. Als sie sich ein paar Tage zuvor die Spielregeln für Operation angesehen hatte, war ihr aufgefallen, dass das Wort »wish« in Gelb aufschien, wenn man länger darauf verweilte, gelb wie ein Streifen verschmierter Butter. Mit einem Klick kommt sie von dem Wort auf ein Lied, »I Wish You Could Have Turned My Head (And Left My Heart Alone)« von Sonny Thockmorton, was sie wiederum weiter führt zu »Mercury«, was Verschiedenes bezeichnen kann: das Element Quecksilber, den römischen Gott Merkur, einen Rockmusiker und noch manches andere. Es hört nie auf, denkt sie.

Mit acht Jahren war Caroline einen Augenblick lang Wichtel bei den Pfadfindern. Sie trug eine braune Uniform, die über der linken Brusttasche Platz für Medaillen hatte. Sie hatte keine Brüste und blieb nicht lang genug, um Medaillen zu bekommen. Von diesen zwei Wochen sind ihr ein kleines Liedchen und ein Reim in Erinnerung geblieben sowie das Stück Aluminiumfolie, das die Gruppenleiterin zu einem großen Kreis geschnitten und auf dem Boden ausgebreitet hatte. Die Gruppenleiterin war die Mutter ihrer besten Freundin, die einzige Erwachsene, die sie beim Vornamen nannte, obwohl sie von sich aus, und ohne dazu angehalten zu werden, wusste, dass sie das bei den Wichteln nicht durfte. Als Caroline länger über diese Wochen nachdachte, begriff sie, dass der Kreis aus Alufolie aus mehreren Stücken bestanden haben musste, die zusammengeklebt waren; mit Alufolie kennt sich Caroline jetzt wirklich aus. Die Wichtel trafen sich in der Sporthalle der Grundschule, jedenfalls erinnert sich Caroline so daran. Ihr Gedächtnis mag lückenhaft sein. Das kleine Liedchen ging so:

> Ich hab was in der Tasche, das passt auf mein Gesicht
> Ich habe es immer griffbereit und verlier es nicht.
> So lange du auch rätselst, du kommst nie darauf
> es ist ein Wichtellächeln, und das setz ich jetzt auf.

Ihr Gedächtnis ist lückenhaft. Sie erinnerte sich nicht an den Titel des Lieds, nur ein Gesumm hatte sie im Hinterkopf, ein Ort, den sie meidet, ein kleiner Raum, in dem bestimmte Murmelgeräusche aufbewahrt liegen, Raunen wie von einem Wind, der sich weit weg erhebt, ein tiefstimmiges Sausen, das ihr Herz schneller schlagen lässt. Als sie klein war, sang ihr Vater ihr Volkslieder und Kinderreime vor, *In Dublin's fair city, where the girls are so pretty*. Doch als sie das Lied fand, während ihre Finger durch die möglichen Varianten klickten: Wer hätte je gedacht – als sie im Schreibmaschinenkurs saß, wo die Pulte an den Sitzen festgeschraubt waren, an demselben Pult, unter das sie sich in der Luftschutzübung geduckt hatte, angewiesen, den Kopf mit den Händen zu schützen, über oder unter den Zöpfen, denn ihre Zöpfe setzten wie immer hoch über den Ohren an –, dass jede und jeder Tippse sein würde, dass es nicht mehr eine Fertigkeit sein würde, auf die man »zurückgreifen« konnte, wenn anderes nicht klappte, dass die Tastatur, auf der ihre Finger ins Labyrinth ihres Selbst wanderten, für jede und jeden und überall eine Art LSD-Trip in Welten würde, die andere Welten umkreisen, wobei die Information mit so viel Bedacht verfügbar gemacht wurde, dass man – sofern man nicht sehr gewieft war – immer weiter vom eigentlichen Ziel und Zweck weggeführt wurde? Als sie auf die Liste der Pfadfinderinnenlieder stieß, die in Kategorien unterteilt waren – eine solche Kategorie lautete »unspezifische Tischgebete«, ein Konzept, das sie einen Augenblick lang so bezaubernd und bedrückend zugleich fand, dass sie sich geradezu mit Gewalt, als biege sie einen Löffel um, davon abwenden musste –, fiel es ihr sofort wieder ein: das Wichtel-Lächel-Lied.

Das Lied versetzte Caroline mit einem Schlag zurück. Ihre Mutter hatte ihr unlängst die Haare bis fast auf Schulterlänge schneiden lassen. Ihre Zöpfe standen ab. Ihr Gesicht war rund. Ein Muttermal an ihrem Bein war zu weit oben, um daran zu kratzen. Carolines Gesicht war von Natur aus ernst, Fremde auf der Straße sagten, schon als sie klein und in Begleitung ihrer Mutter war, und erst recht später, wenn sie allein war, unterwegs zu einem Treffen mit Freunden oder zur Subway: »Lächel doch mal!«, oder: »Komm schon, so ein hübsches Ding wie du, so schlimm kanns doch nicht sein!«, sie war ein Mädchen, das von älteren Frauen im Bus oder im Café fragend und mitleidvoll betrachtet wurde (jetzt, da Caroline älter ist, sieht sie ähnliche Mädchen auch mit diesem Blick an, bis diese in Tränen ausbrechen, während sie ihren Blick für mitfühlend hält, was stimmen mag, oder auch nicht). Die Tatsache ist, dass ihr Lächeln sie völlig verwandelt. Sie weiß es, weil man es ihr immer wieder gesagt hat. Es ist, als ob die Leute das wüssten, und wenn sie sie bitten zu lächeln, dann wollen sie etwas von ihr – es kommt immer noch vor, und oft lehnt sie es ab. Wollen sie, dass sie sich verwandelt, oder wollen sie von ihrem Lächeln verwandelt werden? –, oder wollen sie aus ihren eigenen, ganz persönlichen Gründen, dass Caroline glücklich ist, weil das heißt, dass sie mit ihnen zufrieden ist, was sie ebenfalls wollen, und wollen sie ihr Lächeln als Beweis? Das alles jedenfalls macht es Caroline nicht leicht zu lächeln. Du lieber Himmel, hör auf, höre ich dich sagen, während du müßig diesen halblauten Überlegungen lauschst, das zweite Mal, dass du in dieser Geschichte erwähnt wirst, eine Äußerlichkeit, die hier nur als Ableiter dient, damit du gestikulieren kannst, damit du sagen kannst: Sei nicht dämlich, und sagen kannst: Caroline redet so gern, dass sie Dinge für sich und andere kompliziert macht, während dir Schweigen lieber ist – *stare zitto*. (Ein weiterer Link, der Caroline auch entzückt, ist der Babylon Translator, doch sie hat ihn noch nicht ausprobiert, weil sie Sorge hat, sie würde nie wieder hinausfinden.) Unlängst las sie eine Geschichte wieder, in der eine wenig sympathische Person namens Ninetta ihr Lächeln »wie einen Edelstein« austeilt, und dabei dachte sie wenig schmeichelhaft an sich selbst. In der letzten Zeit macht sie das ziemlich oft: In einen weißen Frotteebademantel gehüllt, wie man sie gegen Bezahlung aus Hotels mitnehmen kann, lächelt sie, sitzt im Schneidersitz in zerwühltem Bettzeug und trinkt Kaffee aus einer winzigen Tasse.

Doch mit acht Jahren war Caroline weniger ... formbar. Sie gab sich nicht so schnell preis. Sie wusste noch nicht, dass es für sie unmöglich war, und nie möglich sein würde, sich preiszugeben, egal wie sehr sie es versuchte, sie saß fest bei sich selbst, und das Lächel-Lied war, jedenfalls nach ihren damaligen Vorstellungen, ein Angriff. Sie hatte kein Lächeln in der Tasche, sie wollte kein Lächeln aufsetzen. Das stimmte beides eigentlich nicht. Sie hatte ein Lächeln in der Tasche, aber es war kein echtes, es war ein Als-ob-Lächeln. Doch diesen Zwiespalt hätte sie nicht so schnell erkannt. Eine Art Haarspalterei, wie sie sie nicht mehr betreibt. Mit acht jedoch hatte sie das Bedürfnis, sich zu orientieren, ein Attribut, das Pfadfinderinnen ebenso auszeichnet wie Generäle und das zu drakonischen Maßnahmen führen kann. Dieses Bedürfnis ist bis heute nicht ganz aus Carolines Veranlagung verschwunden und zeitigt immer noch dieselben misslichen Auswirkungen – seit einiger Zeit nämlich fragt sie sich, ob sie Fanatikerin ist. Das Lächel-Lied in dieser ersten Wichtelwoche war Carolines erste Ahnung, die ersten stumpfen Wurzeln der Enttäuschung, dass sie kein Wichtel bleiben würde, um eines Tages, die Brust voller Medaillen, zur Pfadfinderin befördert zu werden. Das Lächel-Lied war Carolines Kirschbaum: Sie konnte nicht lügen. Sie hatte ihr Lächeln nicht in der Tasche. Ihre Vorstellungen von Literatur und Geschichte waren tiefschürfend, aber verschwommen, ein bunter Traum, eine Umnebelung, die sich auch dann hielt, als man längst Klarheit hätte erwarten können; der Kirschbaum, den George Washington fällte, war auch der Baum, neben dem Abraham das Messer über Isaak hob, bis Gottes Stimme ihm Einhalt gebot, er war der Kirschbaum, der in der letzten Szene von Tschechows *Kirschgarten* gefällt wird, ein dumpfer Hieb, bei dem Jahre später, in einem Kino in der East Sixty-Eighth Street, wo Caroline mit ihren Kindern eine Verfilmung des Stücks mit Charlotte Rampling als Madame Ranevskaja und Alan Bates als Gajev sah, ihre älteste Tochter ausrief: »Nein!« *Non piangere sul latte versato?*, fragst du. Ja.

Der Reim stand im Mittelpunkt einer Geschichte. Es war einmal ein kleines Mädchen namens Mary, das bei seiner Großmutter lebte. In vielen Geschichten, die Caroline vorgelesen bekam, die sie selbst las und die sie später ihren Kindern vorlas, ist eine Mutter zum Verschwinden gebracht worden, als behindere die Anwesenheit einer Mutter an sich die Entfaltung einer Geschichte. Es waren Erzählungen, mit denen sie vertraut war, und erst viele Jahre später, als eine Freundin bemerkte, es sei fast unmöglich, Geschichten mit Müttern darin zu finden – die Tochter der Freundin wollte keine Bücher lesen, in denen die Mutter tot oder abwesend war –, fiel es ihr auf. Ihre eigene Mutter war nicht der Rede wert, und sie selbst hatte sich bis dahin immer mit dem Kind identifiziert, nie mit der Mutter, als wäre sie selbst eher versehentlich Mutter geworden, so wie man im Märchen zu einem Vogel oder einem Baum wird. Ihre eigenen Kinder hatten anscheinend nichts gegen Erzählungen, in denen die Mutter starb oder auf eine lange Reise ging, von der sie nie zurückkehrte, oder erst dann, wenn das Abenteuer schon beiseitegeräumt war, zum Abschied nur einen strengen Blick über den Tisch warf, der bedeutete: Psst! In der Wichtelgeschichte gibt es keine Begründung dafür, dass Mary zu ihrer Großmutter ziehen muss, es passiert einfach. Sie hat einen Bruder namens Tommy, doch er ist nicht wichtig, ja in dem Gedicht kommt er nicht einmal vor. Heute Morgen hatte sie einen Ausdruck gebraucht, um ihre jüngste Tochter abzuwimmeln, die gerade aufgestanden war, sich auf der Veranda die Augen rieb und die Palmen betrachtete (sie war mit den Kindern mitten im Winter, so wie früher in ihrer eigenen Kindheit, eine Woche ans Meer gefahren), sie hatte gesagt: »Ich arbeite jetzt eine halbe Stunde, und dann bin ich ganz für dich da.« Ihre Kinder sind die einzigen Menschen, denen Caroline jemals ganz angehört hat. Ihre eigene Mutter war zwar nicht abwesend gewesen, aber fehl am Platz, jedenfalls hatte sie nie, und sei es nur für eine Minute, Caroline gehört. In der Geschichte sind Mary und Tommy schlampig und haben keine Manieren. Ihre Großmutter erzählt ihnen von den Wichteln, winzigen Menschen, die gut und lieb und hilfsbereit sind, doch sind sie aus Verzweiflung fortgegangen, weil sie zu klein sind, um das Durcheinander, das Mary und Tommy angerichtet haben, aufzuräumen. Mary möchte die Wichtel sehen, sie will ein Wichtel sein, sie ist ein verzogenes Kind und stampft mit dem Fuß auf. Ihre Großmutter gibt nicht nach: Wenn Mary die Wichtel sehen will, muss sie den alten Uhu finden, der im Wald lebt.

Sie horcht auf das Rufen des Uhus und folgt dem Ton. Der Wald ist tief und dunkel. Als sie den Uhu findet – der Uhu ist ein alter Großvater, ein Troubadour der Wälder, Churchill im Tropenhelm –, gibt er ihr Anweisungen. Er lacht sie aus, es ist ein schreckliches Geräusch, das Lachen des Uhus zwischen den dunklen Bäumen. Sie muss hinunter zum Teich am Ende des Pfads gehen, wenn Vollmond ist. Und dann, sagt der Uhu, muss sie sich dreimal im Kreis drehen und dabei einen Reim sagen, er verrät ihr nur die erste Zeile, die zweite Zeile muss sie finden, und sie muss sich auf die erste reimen. Mary geht den dunklen Pfad hinunter zum Teich, wo ihre Füße bis zu den Knöcheln im Schlamm versinken. Frösche quaken im nassen Dunkel. Mondlicht streift das schimmernde Wasser. Was soll sie singen? Die Worte erfuhr Caroline später erst:

Dreh mich im Kreise und zeig mir den Elf,
Ich schaut in den Spiegel und sah mich da …

Das fehlende Reimwort ist zu schwer zu finden. Sie kehrt zurück zu dem unheimlichen Uhu, der Totenmaske zwischen den Bäumen, jetzt besteht er nur noch aus dumpfem Rufen und hohlem Gackern, und er sagt: »Geh heim.«

Als Kind sah Caroline mit ihrer Mutter fern. Eine Quizsendung hatte sie besonders gern: Der Ansager fragte das Publikum nach Beutestücken ab. (War er ein Moderator, ein Ansager, ein Quizmeister? Mit den Jahren hat sie den Fernsehjargon vergessen, dieses spezifische Patois.) Hatte jemand ein gekochtes Ei, einen Federkiel, einen Kugelschreiber, ein Kätzchen? Die Leute schleppten riesige Reisetaschen an. Einen Kompass, eine Angel, ein Stierhorn, eine Landkarte von Saskatchewan? Es war das Gegenteil der Hausiererrufe: Hauben zu verkaufen, Messer zu schleifen; Lumpen, altes Eisen, Papier, der Eismann kommt. Als Caroline klein war, brachte der Milchmann die Flaschen an die Hintertür, und der Metalldeckel der Flaschenkiste fiel dröhnend zu, wenn er ging. Ihre Mutter schloss sogar die Fliegentür ab. Mary Poppins hatte eine Reisetasche, aus der sie eine Stehlampe zog, einen Schirm mit Papageienkopf, ihren besten Hut. Eine Ansammlung von Objekten konnte Zauberkräfte haben. Wer ein Ei, einen Kugelschreiber und ein Kätzchen hatte, bekam drei Wünsche frei: Tür eins, Tür zwei, Tür drei.

Wer die richtige Tür wählte, hatte gewonnen: ein Auto, einen Staubsauger, Bargeld. Caroline interessierte das alles nicht. Ihr gefiel es am besten, wenn der Kandidat sich für die falsche Tür entschied: ein Karren voll Schweine, tausend Trillerpfeifen aus Plastik. Später, als sie ihre Liebe zu Joseph Cornell entdeckte, dachte sie oft an diese Pfeifen. Er lebte in einem Haus mit seiner Mutter und seinem Bruder am Utopia Parkway, und sie dachte auch an Pavese, den sie ebenfalls liebte:

*Ancora cadrá la pioggia
sui tuoi dolci selciati*

Wie auch Morandi, der Stadtlandschaften aus Flaschen malte.

Es gab nur drei Türen und drei Wünsche. Das war eine Regel, die sie verstand, damals. Doch wenn man kein Ei, keinen Kugelschreiber oder keine Colaflasche hatte, konnte man nicht einmal wünschen. Man musste vorbereitet sein, sich überlegen, was vielleicht gefragt sein würde, um bei der Hand zu haben, was man geben sollte. Durch die vorausschauende Bereitstellung von etwas, was gefragt war, schuf man einen Bedarf für diesen besonderen Gegenstand. Vor ganz kurzem schrieb Caroline in einem Brief – dem, was heute als Brief durchgeht – Ich wünschte – aber …. Beim Wünschen hat sie die wenigste Phantasie. Es ist wie Tappen im Dunkeln.

Als Mary wieder zum Uhu kam, schickte er sie wieder auf den dunklen Weg zu dem schwarzen Teich. Was machte Caroline an der Aufgabe solche Angst? Der achtjährigen Caroline – war es das Bündchen des Pfadfinderrocks, das über dem Gummi des Schlüpfers kniff und einen roten Streifen wie eine Garrotte um ihre Taille hinterließ, die sie sah, wenn sie in der Badewanne saß? Beim Wichteltreffen blickt sie in den Teich aus Alufolie auf dem Boden der Turnhalle. Der Fußboden riecht nach Bohnerwachs. Die Leiterin der Gruppe, die Mutter ihrer Freundin, die nicht beim Vornamen genannt werden darf und sich in Frau Soundso verwandelt hat – Ja, Frau Soundso, nein, Frau Soundso –, hat ein paar Zweige geschnitten und sie hübsch um den Alufolienteich angeordnet. Es sind Ebereschenzweige von der Hecke vor der Schule, die Blüten sind eher rosig als weiß. Als P.L. Travers Yeats besuchte, brachte sie einen Armvoll Ebereschenzweige mit, und er bemerkte, einer hätte auch gereicht.

Ebereschenzweige im Haus bringen Unglück – woher hat Caroline das? Vielleicht hat sie es erst später erfahren, vielleicht hat sie es bei Yeats gelernt –, aber die Turnhalle der Schule zählt da vielleicht nicht. »Dreh dich dreimal im Kreis«. Die bloße Vorstellung des Reimens ermüdet Caroline. Die Vorstellung, etwas *hervorzubringen*. Hinaus aus dem Schatten dieses roten Steins. Vor ein paar Wochen sagte ein Junge zu ihr – ein Junge, für den sie in gewisser Weise Sorge trägt, so wenig ratsam es auch ist, Caroline überhaupt etwas anzuvertrauen – ein Junge, der jede Woche eine neue Vogelzeichnung auf die Kopfhaut tätowiert hat, einen Vogel aus einem Buch mit fünfzehn japanischen Zeichnungen aus dem fünfzehnten Jahrhundert, ein Junge, der keine Haare hat, weil Chemikalien sie weggebrannt haben, ein Junge, der so viel Strahlung abbekommen hat, dass jede weitere Bestrahlung ihn zu einem »öffentlichen Gesundheitsrisiko« machen würde, sagte zu ihr: Reimen ist immer eine Verzweiflungstat. Natürlich wusste er da nicht, dass er mit Caroline sprach. Wenn er mit ihr spricht, hat er eine andere Person im Kopf, zumindest denkt sie das. Er erweist ihr die Höflichkeit, so zu tun als ob. In einem anderen Leben wäre sie in diesen Jungen verliebt. Sie weiß es und er weiß es. Vielleicht ist er in Wirklichkeit dieser anderen Person anvertraut, die nicht Caroline ist. Reimen heißt nur, dass Sprache mit sich selbst Fangen spielt, oder nicht? Warum machte es dann solche Angst?

Sie stand in der Turnhalle an. Sie war die Dritte, insgesamt waren es sieben kleine Mädchen in Wichteluniformen. Zwei vor ihr, vier hinter ihr. Der lange blonde Zopf ihrer Freundin roch nach Schwefel, sie benutzte ein besonderes Shampoo, das wusste Caroline. Und ein anderer Geruch war da, den sie später als Ebereschengeruch erkannte. Sie war in Sussex, zu Besuch bei einer Freundin, einer Frau mit wildem Haarschopf und blauen Augen, deren Vater der Hofdichter von England gewesen war, die Frau sah aus wie Maud Gonne und sagte: »Bring das nicht ins Haus.« Die Freundin hatte eine Hecke aus Holunderbüschen. Sie sah zu, wie das erste Mädchen von der Mutter ihrer Freundin, der Frau, die eine Fremde geworden war, im Kreis gedreht wurde und den Vers aufsagte. Sie sah nicht zu, wie ihre Freundin sich im Kreis drehte, denn inzwischen hatte sie die Augen geschlossen. Sie war noch nicht lange aus dem Alter heraus, in dem man meint, verschwinden zu können, indem man die Augen schließt. Ihr Bruder war zwei, und er glaubte es noch. Er würde zu einem Mann heranwachsen, der meinte, andere Menschen zum Verschwinden bringen zu können, egal ob seine Augen offen oder geschlossen waren, doch sie erinnerte sich noch daran, wie es war, und als sie die Augen schloss, wünschte sie, sie glaubte es noch ganz anstatt nur halb.

Sie verschwand nicht. Durch Kinästhesie – wie sie später diesen Zustand zu benennen lernte – konnte sie ihre Finger fühlen und ihre Füße in den Schnürschuhen auf dem gewachsten Boden, und die Hand auf ihrer Schulter. Sie hörte ihren Namen. Sie war ein Kind, das gerne gefallen wollte, oder zumindest ungern Missfallen erregte – auch wenn sie allzu früh lernte, dass das Erregen von Missfallen eine Art Macht war, doch mit demselben bleiernen Gefühl, das sie später davon abhielt, einfach bei allen möglichen Dingen mitzumachen, selbst wenn es damals so schien, als mache sie mit und sei ganz dafür und übernehme sogar die Führung, wusste sie, dass sie letzten Endes, wann auch immer das sein mochte, nicht würde durchhalten können. Sie konnte nicht die Augen öffnen und sich dreimal im Kreis drehen lassen. Sie konnte den Reim nicht aufsagen, durch den sie vom Biber zum Wichtel aufsteigen würde. Sie wollte nicht in den Alufolienteich blicken, umkränzt mit den Ebereschenzweigen, die Todeshauch in den bohnerwachsigen Geruch der Turnhalle mischten, und sagen, dass sie beim Blick in den Aluminiumteich (Caroline wusste Bescheid über Aluminium, ihr Vater hatte sie als kleines Kind in ein Bergwerk in Jamaica mitgenommen, sie hatte das rote Gestein gesehen und hatte im Schatten der riesigen Maschine gestanden, die, wie man ihr sagte, das Metall wie ein Magnet aus dem Gestein zog, und danach hatte sie unter einer grün-weiß gestreiften Markise Limonade bekommen) sich selbst erkannte. Hätte man sie in diesem Augenblick gefragt, sie hätte nicht geantwortet, nicht antworten können. In diesen Zeiten damals wurde den Kindern der Mund mit Seife ausgewaschen. Von solchen Praktiken hört man heute nicht mehr. Ihr war das noch nicht geschehen, aber sie wusste, dass es passieren konnte. Hätte man sie an die Wand genagelt oder in ein schmales Grab gelegt und mit Steinen beschwert, um sie zum Geständnis zu zwingen, hätte sie gesagt, dass sie es albern fand, dass es lächerlich war, einen Reim aufsagen zu müssen und in einen Teich aus Alufolie zu blicken und zu erwarten, dass etwas geschah. Keines der Worte, die sie jetzt leichthin ausspricht, die jeder leichthin ausspricht, wäre ihr auf die Lippen gekommen oder über sie.

Dreh mich im Kreise und zeig mir den Elf
Ich schaut in den Spiegel und sah mich da ...

Das Wörterbuch schlägt keine Verbindung zwischen *terror*, abgeleitet von dem französischen *terreur* »große Angst, Grauen« aus der Wurzel »tre« – zittern, beben – und *terra* – der Erde, dem Festland – vor, wie in *terra firma*, doch im Begriff der *terra firma* ist schon die Vorstellung verankert, dass die Erde beben könnte. Alles ist möglich. Ein Ding kann zu einem anderen werden. Alle Kinder wissen das. Mit geschlossenen Augen in der Schlange der Kinder in Wichteltracht sollte Caroline sich dreimal im Kreis drehen oder von der Hand auf ihrer Schulter gedreht werden, und wenn sie auf die Alufolie blickte, die erst ein Teich war und dann ein Spiegel, würde sie sich selbst sehen, in einen Wichtel verwandelt, ein Wesen der Wälder, das hilfreich, edel und gut war. Es würde nur funktionieren, wenn sie den Reim aufsagte. Der Reim war ein Zauberspruch. Sie schloss die Augen und verweigerte sich der gleichermaßen fremden wie vertrauten Hand auf ihrer Schulter, die sie drehen wollte (Hatte diese Hand sie schon mal berührt? Wahrscheinlich ja, aber sicher war es nicht), weil sie wusste, wenn sie sich dreimal drehte, lief sie Gefahr zu verschwinden. Später beschrieb sie Augenblicke, in denen Ereignisse unausweichlich auf ein Desaster hinausliefen, als »Karambolage« oder verglich sie mit einem »Sturz aus dem Flugzeug« – diese Augenblicke, wenn das Unheimliche gerade noch außerhalb des Blickfelds zittert, ein Punkt, von dem es keinen Ausweg mehr gibt, an dem alles Pulver verschossen ist. Man ist immer zahlender Gast, früher oder später wird die Rechnung präsentiert; als George Emerson mit Lucy Honeychurch in den Arno blickt, sagt er: »Sie haben mich so gestört, es schien mir besser, dass sie hinaus ins Meer treiben – ich weiß nicht, vielleicht heißt es auch nur, dass sie mir Angst gemacht haben.« Dann wurde der Junge zum Mann: »Denn etwas Unerhörtes ist geschehen, ich muss mich dem stellen, ohne verwirrt zu werden. Es geht ja nicht darum, dass ein Mann gestorben ist.« Lucy hat das Gefühl, ihn zum Schweigen bringen zu müssen. »Es ist geschehen«, sagte er noch einmal, »und ich habe vor herauszufinden, was es damit auf sich hat.« Viel später bekam Caroline eine Tochter mit weit auseinanderstehenden blauen Augen, die mit dreizehn eine Verfilmung der Geschichte sah und bemerkte: »Warum überhaupt *sagen*, dass es passiert ist? Das ist sein Fehler.«

*

Jeder verheddert Faden führt zu etwas anderem, zu vielem anderen, zu vielen: Wünschen, Zaubersprüchen, Caroline mit acht in der spacken Wichteltracht, wie sie in einen mit giftigen Ebereschenzweigen umkränzten Spiegel blickt, ein Spiegel, der gut auch eine Eisfläche sein könnte. Eine Eisfläche, die sie jetzt versucht, mit der behandschuhten Hand klarzuwischen, um Alastair sehen zu können, der es inzwischen aufgegeben hat, mit dem

Taschenmesser auf die Robinienwurzeln einzuhacken. Fünf oder sechs Jahre nachdem Caroline im Schnee stand und mit dem Mobiltelefon im Handschuh darauf wartete, dass Alastair anrief, liegt sie ausgestreckt auf ihrem Bett in New York, sie trägt Partykleidung, hat nur die Schuhe abgestreift. Die Party ist vorbei. Es ist elf Uhr abends, und ihr Sohn George, der einundzwanzig ist und eine lange Glasperlenkette, ein weißes Hemd und Jeans trägt, liegt neben ihr. Sie essen übriggebliebene Schokoladenmandeln und George trinkt etwas Rosafarbenes. Ein Rest vom Wodkapunsch. Er fragt Caroline, was *insular* heißt. Ihr fallen sofort seine Schulbrote ein, und die kleine Thermosflasche mit Kakao dazu. »Engstirnig«, sagt sie.

Es war seine Geburtstagsparty gewesen. Als er beim Abendessen kurz neben ihr saß, erzählte er ihr, dass es Leute gab, die kleine Magneten in die Fingerspitzen eingelassen haben, mit denen sie Spannungsfelder spüren können – elektrische Anlagen, Gewitter. »Es ist wie ein weiterer Sinn«, sagte er. »Früher hatten wir einen Sinn für Auren, heute nicht mehr.« Caroline fand das beunruhigend. Bei dem Gedanken, das Bewusstsein und die Sinne vorsätzlich zu schärfen, wurde ihr schwindlig. Sie bekommt Gänsehaut, wenn sich sechzig Kilometer weit weg ein Gewitter entlädt. George war verärgert. Manchmal sei die Spannung so groß, dass die Magneten sich unter der Haut drehen. Caroline entschuldigte sich und stand auf. Als die Kinder klein waren, war die Anzahl der Kerzen wichtig, eine pro Jahr und eine als Glücksbringer, und alle mussten mit einem Atemzug ausgeblasen werden, dann hatte man einen Wunsch frei, den man aber niemandem verraten durfte, sonst würde er nicht wahr. *Come truly to me under the windblown leaves / and I will make a fiddle of your breast bone.* Jetzt sind es so viele Geburtstagskerzen, sie zählt sie nicht einmal mehr und steckt sie in den Kuchen, wie sie gerade kommen.

Vor ein paar Nächten, weißt du noch, da gingen wir durch den Park zum Fluss, der Himmel war lavendel und rosa, vorbei an dem Becken mit den Booten, wo Alastair und Caroline zusahen, wie der Abfall angeschwemmt wurde und am Ufer entlanghüpfte und sich sammelte, die Hausboote leuchteten damals wie Bienenstöcke auf der anderen Seite des Wassers – ein unmögliches und schiefes Bild: Honig und Salz. Du sagtest, du habest immer auf dem Fluss leben wollen, in einem Hausboot. Doch jetzt sind Jahre vergangen, und Caroline steht nun zwei Meilen weit weg, auf der Nordwestachse, mit den Füßen im Eis im nordöstlichen Teil des Central Park. Rutschen und Leitern. Und ein anderes Spiel, das sie gern mochte, doch kam es erst später, ein Satz Karten in einer kleinen Schachtel, es hieß Oblique Strategies. Sie war dem Spiel zum ersten Mal begegnet, als eine junge Trapezkünstlerin die Karten austeilte, sie trug kleine, spitze schwarze Schuhe, die zu ihrem rabenschwarzen Haar passten. Sie hieß Maudie. Im Winter schnallte sie sich an selbsterrichteten Schaukeln über Wasserfällen fest, wo sie dann, in

Petticoats und lange Unterwäsche gekleidet, schaukelte und aussah wie Sprühschleier des Wasserfalls. Diese Vorführungen waren bezaubernd und verrückt. In New Hampshire setzte die Polizei dem ein Ende. Sie war ein privates und ein öffentliches Ärgernis. Sie lernten sich in einer Künstlerresidenz kennen, wo Caroline in ihrer einsamen eisigen Hütte ein Buch schreiben sollte, doch stattdessen telefonierte und nach Maine fuhr, um Alastair zu treffen, mitten in der Nacht fuhr sie schlitternd vereiste Haarnadelkurven hinunter zu dem baufälligen Haus in einer Bucht, wo er in diesem Winter campierte, er hatte eine Matratze ausgelegt und außerdem ein Kochbuch »Glutenfreie Abendessen« bei sich, weil er dem Irrtum aufsaß – den Caroline aus Mitleid nicht aufklärte –, seine Töchter, die Weizen nicht vertrugen, würden ihn besuchen, und er würde ihnen dann Essen kochen können. Auch seinen Hund hatte er mit. Anfangs, als Caroline und der Hund sich kennenlernten, wich er nicht von ihrer Seite. Wenn sie im Dunkeln zur Toilette ging, die steilen Stufen hinauf, die sie als Mädchen gekannt hatte, folgte er ihr und legte den Kopf auf ihr Knie, als hätte er endlich eine Verbündete gefunden, eine Person, die ihm vielleicht beistehen würde. »Endlich Rettung«, sagte sein Blick. Der Hund war ein großer, ergrauender Labrador, der aussah, als wollte er im nächsten Moment Edmunds Rede rezitieren: »Ganz tat das Rad den Umlauf. Ich lieg hier.« Seine Schnauze lag samtig und feucht auf ihrem Schenkel. Das Rauschen der Brandung, heranflutend und abebbend, war gleichmäßig und laut, eine Art

Radiorauschen, in dem sie eine Frequenz suchen konnte, um etwas zu verstehen – aber was? Den Hund, der zu ihr sprach? Als welches Tier würdest du wiedergeboren? Ein Spiel, das sie mit ihren Cousins in einer Wohnung in der Park Avenue gespielt hatte, wo sich das grüne Kunstleder von den Liftwänden schälte.

Die Karten – zumindest die erste Ausgabe – steckten in einer Box aus dunkelblauem Chagrin-Leder. Sie waren das Produkt einer Zusammenarbeit des Musikers Brian Eno und des Autors Peter Schmidt. Auf jeder Karte stand, wie auf dem Zettel in einem Glückskeks, ein Spruch aufgedruckt, der ein Dilemma in Leben oder Arbeit illustrierte, einen Punkt, an dem eine Entscheidung getroffen werden musste. Eine Karte vom Stapel zum Beispiel – denn es ist ein Stapel Karten, er birgt all die Melodien des Zufalls von *Gewinnen und Verlieren,* und Caroline verhält sich dazu wie der Junge, der, entschlossen, die Flut aufzuhalten, den Finger in den Deich steckt, und sie tut es einzig und allein deshalb, weil *sie sich nicht anpasste* – trägt die Aufschrift: »Was würdest du nicht tun?« Was würde Caroline nicht tun? Es spricht ihrer Meinung nach nicht für sie, dass diese Liste kurz ist. Endlos erschienen ihr die Möglichkeiten für schlechtes Benehmen, für Gelegenheiten, bei denen Niedertracht – im Unterschied zu bestimmten Spielarten von Treue – etwa wie die von Gerda, welche, das Ohr an den Boden gedrückt, auf die Glöckchen horcht – als edel betrachtet werden kann. Eine Art überschüssige Klarheit, denkt sie. Als George II Venedig besuchte, veranstaltete man zu seinen Ehren ein Festmahl, bei dem die weißen Tischtücher, die Servierplatten, das Besteck aus gesponnenem Zucker gemacht waren. Er erholte sich nie davon – das schneegleiche Leinen, die Löffel, ja sogar die Eisskulptur eines Schwans waren aus feinem Zucker, der sich weich anfühlte wie die staubbezuckerte Süßigkeit, mit der Kay in den glöckchenklingelnden Schlitten gelockt wird. *Iss das nicht*: den Apfel, den Granatapfelkern. In einer wieder anderen Geschichte steht Harriet Vane vor Gericht und ihr droht die Todesstrafe – später heiratet sie den Polizeibeamten, der, auch das ein Klischee, das Caroline gefällt, besessen davon war, ihre Unschuld zu beweisen –, weil man sie bezichtigt, ihren Mann mit einer arsengetränkten und zuckerbestäubten Geleefrucht umgebracht zu haben. Eine Zuckerwolke. Auf einer anderen Karte, die heute Morgen vom Stapel genommen wurde, steht: »Geh hinaus. Schließ die Tür.« Hinaus von wo?, fragt sich Caroline. Sie ist so tief in sich drin, es ist … nicht plausibel, dass sie »hinaus« gehen würde oder wollte. Als Caroline und Alastair vor fünfundzwanzig Jahren zusammenlebten, spielten sie Zauberei: das I Qing, die Tarotkarten, das Ouija-Brett. Sie waren Kinder. Spiele gefielen ihnen. Sie hatte es besonders gern, wenn sich der Ouija-Zeiger unter ihren Fingern bewegte, als trüge eine Maus ihn auf den Schultern, ein kleiner Atlas. Später fühlte sich die Computermaus für sie an wie der Ouija-Zeiger, der sich über das Alphabet bewegte, Unsinn redete, Unsinn als Begehren, das sich als Tatsache ausdrückte: Wünsche, die Wirklichkeit wurden. Caroline mochte Oblique Strategies, weil sie Dinge dieser Art eben einfach mochte – kleine Anstöße, die eine Tür öffneten –, aber auch deshalb, weil Alastair in ihrer Kindheit Brian Enos »Another Green World« so oft auf dem Kassettenrekorder abgespielt hatte, dass sich der Klang geradezu in ihre Knochen gebohrt hatte. Die huschenden Anfangstakte, wie Eichhörnchen, »I'll come running to tie your shoe«. Sie stellte sich vor, wie sie lief, um Alastairs Schuhe zu binden. Als ihre Kinder klein waren, kam ihr der Satz oft in den Sinn, aber sie brauchte nicht zu laufen, die Kinder waren immer da und klammerten sich an ihre Beine. Vielleicht hatte der Hund sie deshalb bei ihrem Erscheinen so voller Liebe angeblickt und die Schnauze zwischen ihre Beine geschoben, als sie auf der Toilette saß und der Brandung lauschte, während Alastair oben in die Laken verheddert schlief. Der Hund konnte Alastair nicht die Schuhe binden.

\*

Caroline steht mitten im Central Park in einem Schneesturm, denn jetzt, während sie darauf wartet, dass Alastair anruft, beginnt es richtig zu schneien, und sie tritt von einem Fuß auf den anderen, um sich warm zu halten. Was ihr an dem Ouija-Brett am besten gefiel, war dieses Gefühl, dass man sich räumlich durch das Alphabet bewegte, es wurde zu einer Art Phantomschlagbaum, hinter dem jeder Buchstabe eine Tür war, eine Reihe von Rutschen und Weichen, die *yes* oder *yak* werden konnten, oder der Anfang von *yes*, nur das *y*, und das *e* wurde zu etwas anderem, einem Kompromiss, oder einer Einschränkung: *yet*: dennoch. Und dennoch. Nicht frei. Abschied von einer Idee. Lebewohl.

> Er sagt nein zu nein und ja zu ja. Er sagt ja
> zu nein und sagt er ja, so heißt es Lebewohl

Caroline steht im Schnee und ist den Tränen nah. Offensichtlich lässt sich keine Linie von a nach b ziehen oder von Nein nach Ja. Die Sprache, in der sie mit Alastair sprechen könnte, ist verloren. Ihr alter Freund Maurice, der jetzt tot ist – dabei war der Tod das, was er am meisten fürchtete, diese Furcht vor dem Nicht-Sein –, was sagte er noch? Ihr Kopf ist wie leergefegt, hangelt nach einem Halt in der Kälte. Ach ja: *Hätte ich eine Mutter gehabt, die mich liebte ...* Seine Mutter hatte versucht, loszuwerden, was Maurice werden sollte – indem sie vom Küchentisch sprang. Maurice: *Es war im Esszimmer*. Ihr hattet kein Esszimmer, ihr wohntet in einer Wohnung in Brooklyn und habt zu fünft in einem Zimmer geschlafen. »Wir hatten ein Esszimmer!« Na gut, also ein Esszimmer, wo ihr euch gegenseitig bei lebendigem Leib aufgefressen habt. Ja, und? Carolines Großmutter auch. Eine ganze Historie russisch-jüdischer Frauen in New York, die vom Küchentisch sprangen, das ist die erste Geschichte, die man über sich selbst zu hören bekommt. Ihre Mutter war nicht gewollt, deshalb wollte sie auch Caroline nicht. Das ist bloß fair. Im Schnee tritt Caroline von einem Fuß auf den anderen. Sie wartet auf Alastairs Anruf, zwanzig Meter entfernt von der Stelle, wo er vor vierzig Jahren eine Kuhle in den gefrorenen Boden schneiden wollte, in der er schlafen konnte, und als er es nicht schaffte, ritzte er seinen Arm mit dem Federmesser, eine dünne Spur Kreuzschraffuren. Unlängst, ein paar Jahre nachdem sie wartend im Schnee gestanden hatte, sah Caroline in Brooklyn, in einem Theater am Wasser, eine Inszenierung von *Macbeth*. Ein Schauspieler spielte alle Rollen. Die Bühne war als Krankenhauszimmer eingerichtet, mit einer Beobachtungsempore, und vom Parkett aus sah der Raum aus wie ein Aquarium. Der Schauspieler, er hatte ein Gesicht wie ein Kabeljau, wusch sich während seiner Darbietung eines langen, auf hohen Frequenzen wogenden Schreis die roten Hände in der Badewanne. Caroline hatte keine Ahnung, dass der Schauspieler ein Fernsehstar war. Das Theater war voll, das Publikum lachte über die Kapriolen eines Verrückten. Als das Publikum hinausging, klatschte der Fluss gegen die Kaimauer.

\*

Als Caroline ein Kind war, mochte ihre Mutter nur die eine Süßigkeit, die Caroline nicht leiden konnte. Lakritz verursachte ihr immer leichte Übelkeit, so wie der Geruch von Benzin. Später hatte sie ein Kind, das den Geruch von Garagen liebte, den Gestank nach Öl und feuchtem Beton. Als dieses Kind klein war, liebte sie die Geschichte von einer Krokodilmama, die so versessen auf Parfum ist, dass sie Flaschen von der Parfumtheke im Warenhaus klaut! War Caroline eine Krokodilmutter? Sie hat keine Ahnung. Die Beute, die sie in einem Happs verschluckt, ist sie selbst. Als sie auf dem Sofa unter dem aufgeklappten chinesischen Bild von einer langen schwarzen Woge mit schwarzen Spritzern saß, sagte der Mann, der ihre Taschen voll Alpträume leerte: »Was mich interessiert, ist die Geschichte hinter der Geschichte, unter der schwarzen Woge.« Der Mann sagte: »Was das Herz beklemmt, ist zurückgehaltene Emotion. Was für eine Geschichte ist das? Was für eine Emotion?« Und sie sagte: »Trauer.« Sie geht umher wie eine Auftragskapelle, deren Musiker beim Spielen lernen, indem sie Publikumswünsche entgegennehmen. *Euch Lüften, die mein Klagen*, »Swanee River«, »Little Brown Jug«, »Let's Call the Whole Thing Off«. *But oh, if we call the whole thing off / … Then that may break my heart.* Das reicht. *And when I die don't bury me at all / just pickle my bones in alcohol.*

Die Wahrheit wandelt sich, sobald sie sie zu fassen kriegt, wie ein Drache oder eine Schlange, sie will nicht festgehalten werden, sie wirft und windet sich hin und her.

Im Park im Schnee horcht Caroline auf Glocken, die Glocke, die sich in dem Jahrhundert, in dem sie sich befindet, als Vibrieren des Telefons in ihrer Hand manifestiert, als eine kleine Ladung Elektrizität. *I listen for the buzz of the telephone*, das ist ein Liedtext ihrer Tochter, den sie ihr eines heißen Abends bei Überqueren der Houston Street vorsingt. An dem Abend, den er in seiner dünnen Jacke frierend im Park verbrachte, hatte seine Mutter vorgehabt, bei der Rückkehr aus dem Theater nachzusehen, ob er schlief – sie hatte ihre Kinder am liebsten, wenn sie schliefen, dachte sie manchmal. Aber dann vergaß sie es. Auf Nachfrage hätte sie gesagt, sie traue ihren Kindern vollkommen, da sie dazu erzogen worden waren, die Wahrheit zu sagen.

\*

Im Schneetreiben dieses Morgens verschwindet Kay mit dem Splitter des Teufelsspiegels im Auge auf dem Schlitten der Schneekönigin. Die Schneekönigin hat mit der Unterwelt soupiert, ein Picknick am Teich, der aussah wie ein Spiegel, umgeben von Ebereschen. »Hier«, sagte die Unterwelt, »schau nur, wie hübsch du aussiehst.« Ihre Beine sind gespreizt, und er spricht dazwischen. Der Spiegel ist über und unter ihr, doch die Augen der Schneekönigin sind geschlossen. Ihr elektrisch geladener Körper verwandelt sich in Trockeneis. *Schau in den Spiegel, und du siehst ...* Vielleicht ist es der Zwischenraum zwischen den Silben, der so viel Angst macht.

> Auf dem weißen Sand
> Am Strand einer kleinen Insel
> Im Meer des Ostens

Bin ich, mit tränenüberströmtem Gesicht
und spiele mit einem Krebs.
    Ishikawa Takuboku

Als Kay nicht wie sonst am Spätnachmittag zurückkam, um mit Gerda und ihrer Großmutter Abendbrot zu essen – Weihnachten steht vor der Tür, und Gerda hat der Großmutter den ganzen Nachmittag geholfen, stern- und tannenbaumförmige Kekse auszustechen und zu backen –, ging sie zum Platz und sah den Blutflecken und unter dem Baum den zertrümmerten Schlitten. Zuerst wird ein Suchtrupp gebildet, erwachsene Männer in dicken Jacken, die durch den Schnee stapfen, und Frauen, die an die Häuser um den Platz klopfen und fragen, ob jemand einen verletzten Jungen aufgenommen hat, der ebendort vielleicht gerade mit verbundenem Kopf auf dem Sofa ruht? Doch sie wissen, dass er fort ist. Alle Nachbarn kennen Kay und auch Gerda und die anderen auch, und wenn Kay sich verletzt hätte, hätte man gleich nach seiner Mutter geschickt. Dass seine Mutter und Vater auf eine lange Reise wer weiß wohin gefahren sind, spielt keine Rolle, sie hätten nach Gerda geschickt oder ihrer Großmutter oder nach der Haushälterin, die Kay großgezogen hat, denn die Eltern sind so oft nicht zu Hause, sie nehmen die Schwester mit und lassen Kay bei der Frau mit dem runden Gesicht, die einen alten siechen Pudel hat und einen Karneolring. Doch sie finden nichts. Gerda weiß, dass sie ihn nicht finden werden. Sie wird blass und dünn, ihr güldenes Haar verliert seinen

Glanz, doch ihre Augen bleiben hell und leuchtend. Sie geht zur Schule und hilft der Großmutter, doch wie alle Mädchen, die schon als Sucherinnen nach Verlorenem auf die Welt kommen, ist sie eine Fanatikerin. Sie liebt Kay und weigert sich zu glauben, dass er für sie verloren ist. Was sie weiß, ist, dass er ihr weggenommen worden ist und dass sie ihn zurückholen muss. Als sie sich auf die lange Reise macht, um ihn zu finden – sie löst das Schürzenband um ihre Taille und gibt die Schürze der Großmutter, denn die Zeit ist jetzt gekommen, und sie ist alt genug, um sich von der Großmutter nichts mehr verbieten zu lassen –, weiß sie nur, dass sie einen Fuß vor den anderen setzen muss. Bloß dass die Großmutter so alt ist, das bedrückt ihr Herz. Sie nimmt ihren Mantel und einen Apfel und den Schlüssel fürs Haus, damit sie aufsperren kann, wenn sie heimkehrt.

Es ist Frühling, und der Schnee ist geschmolzen. Die Engel, die nicht in den Spiegel schauen wollten – sie begegnet ihnen auf ihrer Reise in Gestalt von Vögeln und Bäumen und dem Sonnenlicht, das sich in den Pfützen spiegelt, und auch vom Mond, denn sie wandert bei Nacht –, reden miteinander, aber sie können ihr nicht helfen. Allein ihr eigenes reines Herz wird sie zu Kay führen. Alles, was sie ihr als Hilfe in die Tasche stecken könnten, würde sie nur behindern und ablenken. Es gibt kein Rätsel, das sie einer Katze stellen könnte, keine Glückskarte, kein Jäcklein, das sie für eine Feldmaus nähen soll. Gerda weiß auch, dass sie sich nichts wünschen soll. Sie kann nicht wünschen, dass Kay vor ihr auftauchen möge, denn sie kann ihn nur finden, wenn sie zu ihm geht. Nichts darf sie davon abhalten, einen Fuß vor den anderen zu setzen. Sie darf sich keine Eile wünschen.

※

Etliche Jahre später, Jahrzehnte nachdem Caroline mit Alastair gelebt hatte, zu einem Zeitpunkt, als sie woanders in ihrem Leben war, ging sie fast jeden Tag ins Kino. Der Film spielte keine besondere Rolle, obwohl sie meinte, mit Bedacht auszusuchen, was sie sich ansah. Der Film, den Caroline sieht – *Die Akte Grant* –, ist kein besonders guter Film. Sie hat ihre eigenen Gründe dafür, dass ihr der Film gefällt. Nick und Mimi haben sich seit zwanzig Jahren nicht gesehen. Es ist nicht klar, von welchen Jahren die Rede ist, die Schauspieler sind zu alt, um zur radikalen Studentenbewegung in den sechziger Jahren gehört zu haben, aber das soll jetzt egal sein. Eine erfundene Geschichte, die auf Fakten basiert. Der Film enthält Dokumentaraufnahmen: den Marsch auf Washington, die Ruine des Hauses in der West Eleventh Street im Greenwich Village, das durch die Bombenproduktion im Keller hochging. Die Gesichter der Schauspieler als junge Menschen waren auf die Dokumentarausschnitte montiert worden, obwohl Robert Redford, der in dem Film Nick spielt, gar nicht dort war, er war in Hollywood bei den Dreharbeiten zu einem Film namens *Butch Cassidy und Sundance Kid*, in dem Etta Place, eine starke

Frau mit großen Idealen, hinter einem Mann her ist, der nichts von Stärke weiß, der schlappmacht. »Wenn er mir zahlte, was er ausgibt, um mich daran zu hindern, ihn auszunehmen, würde ich aufhören, ihn auszunehmen.« In *Die Akte Grant* trifft Sundance Kid Etta Place in einer Hütte im Wald in Nordwest-Washington, an einem namenlosen See, doch heißt er jetzt Nick und sie heißt Mimi, und sie wird von Julie Christie gespielt. Nick muss Mimi finden, sie ist die einzige Person, die ihn entlasten kann, sie weiß, dass er nicht dabei war, als der Bankangestellte getötet wurde. Sie leben beide unter falschem Namen, aber er weiß, welchen Ort sie aufsuchen wird, nämlich die Hütte, die einst ihrem inzwischen verstorbenen Großvater gehörte, sie liegt auf der Seeinsel Innisfree. Aus Lehmziegeln? Ja, warum nicht, aus Lehmziegeln. »Ich stehe auf und werde gehn, denn immer Tag und Nacht höre ich am Ufer die Wellen des Sees.« *Come si dice wattles? Bargigli.* Das Gewässer hat keinen Namen, aber wir, die Kinobesucher – Caroline, Binx Bolling, sogar du –, alle haben es schon mal auf einer Karte gesehen. Der Juniorreporter, der hinter der Geschichte her ist, hat im Rathaus einer kleinen Stadt am Puget Sound einen Grundbucheintrag gefunden. »Wer ist der Besitzer?«, fragt er den Beamten. Keine Ahnung. Wir wissen, dass er weiß, dass das Grundstück im Besitz von Mimis Familie ist, der Grundbucheintrag ist von dem Vater eines pensionierten Polizisten unterzeichnet worden, den der Juniorreporter in einem Privatclub aufgespürt und in jugendlicher Unverfrorenheit, für die er eigentlich zu alt ist, unter Drohgebärden angesprochen hat, das Gespräch findet auf einem Anlegesteg mit Blick auf mehrere Segelboote statt. Segeln gehört zu der Geschichte, die Mimi und den Polizisten verbindet. Wir wissen Bescheid, weil wir aufpassen. Wir wissen, dass die Hütte in einer Traumlandschaft schwebt, es ist ein Ort, wo Mimi als Kind Zeit verbracht hat. »Ich weiß, wohin sie unterwegs ist«, sagt er zu einem Mann am Telefon, den er auch seit Jahrzehnten nicht gesehen hat. Wo auch immer Nick in diesem Film auftaucht, ein Kohlenstoffgeist, noch mit Qualm behaftet, sagt jemand: »Das kann ich jetzt nicht brauchen.« Als sie verliebt waren, hat sie Nick hierher mitgenommen. Wir wissen das, wir brauchen nur ein paar Hinweise: die Vogelperspektive, das Kameraobjektiv, das auf die Kiefern gerichtet ist, wo Nick Mimi treffen wird, ein Haus, das kein Haus mehr ist, in den Einzelheiten fast identisch mit der Hütte, in die Alastair Caroline anfangs mitgenommen hat: ein Kühlschrank auf Beinen, ein wackliger Tisch, weiße Emailteller mit blauem Rand, ein steinernes Kaminsims, auf dem ein paar Kerzenstummel stehen geblieben sind, ein Einzelbett in der Ecke mit einer rot-schwarzen Pendleton-Decke, wie sie Caroline vertraut ist, eine Fliegentür, die nicht richtig schließt. Nirgends. Ein Haus, das auf der Innenseite eines japanischen Fächers existiert, ein Ort, den man nicht sehen kann, wenn der Fächer zusammengefaltet ist, den man nur mit dem Boot oder auf einer Zeitreise erreichen kann, immer im Boot, wie alle Zeitreisen, mit Charon als Steuermann, der sich immer zwischen Vergangenheit und Gegenwart bewegt. *Voglio una barca mi porti lontano da qui.* Ich weiß, wohin sie unterwegs ist, sagt Butch/Nick über Etta/Mimi, den Zeh ins Wasser des Traums getaucht. Der Mann am Telefon sieht aus wie ein Scharfschütze in einem Western, und die Grenzen zwischen den Filmen verschwimmen. Caroline saß hinten im Kino, damit sie ihr Telefon eingeschaltet lassen konnte. Den Film hatte sie schon mal gesehen, nicht genau diesen, aber andere, einen, in dem Robert Redford Hubbell Gardiner spielte, ein Film über eine Liebesbeziehung, die unter ihrem eigenen Gewicht zusammenbricht. Als Caroline jung war und noch keine Ahnung hatte, auf wie viele Arten und Weisen ein gewöhnliches Haus zu einem rauchenden Trümmerhaufen werden kann, hatte sie den Film *So wie wir waren* gesehen, in dem Barbra Streisand im Rollkragenpullover Kate Morosky spielt. Ist in *Die Akte Grant* der Mann mit dem weißen Bart ein alter Freund von Butch Cassidy, der auch auf der Flucht vor der Polizei war? War *Butch Cassidy* ein Protestfilm? Was hatte die Protestbewegung mit dem Wilden Westen gemein? Die Feinheiten spielen keine Rolle. In *Butch Cassidy und Sundance Kid* geht der Mond über der flachen Landschaft auf. Etta Place sagt: »Ich tue alles, was du von mir willst, nur eines nicht. Ich werde nicht zusehen, wie du stirbst. Bei dieser Szene passe ich, wenn du nichts dagegen hast.« Er ist Butch und Nick und Hubbell Gardiner. Er ist auch – wie hieß er noch gleich? – Denys Finch Hatton, Paul Bratter in *Barfuß im Park*, Bob Woodward in *Die Unbestechlichen* und Joseph Turner in *Die drei Tage des Condor.* »Du denkst einfach immer nach, Butch«, sagt Sundance. »Das kannst du gut.«

Paul Bratter: Man nimmt nicht die Gabel und haut rein in den schwarzen Salat. Man muss damit spielen.

Kathy: Du … du hast viele gute Eigenschaften. Aber …

Turner: Was für gute Eigenschaften?

Kathy: Deine Augen sind gut. Nicht nett, aber sie lügen nicht, und sie weichen nicht oft aus, und ihnen entgeht nichts. Ich könnte solche Augen gut brauchen.

Turner: Aber du müsstest längst in Vermont sein. Ist er ein harter Kerl?

Kathy: Ja, ziemlich hart.

Turner: Was wird er tun?

Kathy: Verständnis haben. Wahrscheinlich.

Turner: Mann. Das ist hart.

Bob Woodward: Wenn du es aufbauschst, mach es mit Fakten. Mich stört nicht, was du getan hast. Mich stört, wie du es getan hast.

*Bei dieser Szene passe ich, wenn du nichts dagegen hast.* Caroline grübelt über den Satz. Bei welcher Szene würde sie gerne passen? Vielleicht ist Kay doch nicht verloren, vielleicht hat er sich in der Hütte im Wald verkrochen, unter der rot-schwarzen Pendleton-Decke. Als Kohlekopie schwebte Kate Morosky an der Decke wie der Schatten eines Engels. »Ich mache zu viel Druck, weil ich möchte, dass die Dinge besser werden.« In der letzten Reihe, das Telefon auf dem Schoß, gab sie auf und sah sich den Film an.

Du summst: *They laugh alike, they walk alike...* Aber woher kennst du das? *Wir haben in Italien viel amerikanisches Fernsehen geschaut.* Wenige Wochen nachdem sie diesen Film gesehen hatte, war Caroline mit einem Freund in einem Lokal zum Abendessen, sie saßen an niedrigen Tischen und aßen Aal und Schweinefleisch und gebratene Kartoffeln. Es war spät, und ausnahmsweise lag mal kein Schnee auf den Straßen. Es hatte zwischendurch getaut, aber jetzt war es wieder kalt. Er sagte: »Weißt du, was ich satthabe? Ich habe es satt, zu hören: Du bist ein Außerirdischer, der geschickt worden ist, um mein Leben zu zerstören.«

Caroline verhakte sich an dem Satz. Sie umkreiste ihn wie ein Hund, der eine Stelle sucht, wo er sich niederlegen will. Oft grübelte sie tagelang über einen Ausdruck nach. Ganz willkürlich, es konnte etwas sein, das sie aufgeschnappt hatte, oder ein Slogan. Schrift am Himmel. Ein Schild an einem Busunterstand: MEHR ANWENDUNGEN FÜR CALCIUM! Was konnte das bedeuten? Die Nacht war sehr kalt, und der Wind kroch durch die Tür des Lokals, die sich öffnete und schloss. Sie trug ein hellgraues Wolltuch um die Schultern. Bevor sie aus dem Haus ging, hatte sie einen Flecken auf dem Wolltuch bemerkt, aber da war es zu spät zum Umziehen. Zu spät zum Umziehen, dachte sie. Manchmal sah sie einen Satz auf sich zuschießen wie eine Möwe, die vom Meer her aus großer Höhe hinabstößt. Verlegen. Verlogen.

*

Caroline steht im Schnee, gut vier Straßenzüge Luftlinie von dem Museum entfernt, wo die Säle auf der parkwärtigen Seite nach einem Jungen benannt sind, der ertrunken ist oder verschwunden, sein Kanu hatte sich überschlagen, seine Leiche wurde nie gefunden. Als Kind sollte sie einen Rettungsring vor dem Ertrinken bewahren, immer wieder, es ist möglich zu verschwinden, das weiß Caroline. Sie selbst ist im Verschwinden begriffen, wenn sie weiter hier steht, wird der Schnee sie bedecken, als Glockenklöppel wird sie dort in ihrer Pelzmütze, in Mantel und Stiefeln stehen, ein Gnomon im Schnee, das nichts anzeigt. Sie stampft mit den Füßen auf.

Am Morgen nachdem er statt der Robinien seinen Arm geritzt hat, steht Alastair in dem gekachelten Waschraum im vierten Stock seiner Schule. Er hat dieselbe Hose an wie am Abend davor, sie ist ein wenig zerrissen, aber er hat sein Hemd gegen eines getauscht, das seine geliebte Olivia, eine Jamaikanerin, die ihn seit seiner Kindheit versorgt, aber »auswärts« wohnt (als er seine Mutter das sagen hörte, stellte er sich Olivia, eine gewaltige Frau, vor, wie sie in ihrer blauen Uniform und Stoffpantoffeln unter einem Baum lagernd Eis aus einer Schüssel aß), gewaschen und gebügelt auf einem Kleiderbügel an seine Tür gehängt hatte, und das er gefaltet und in seinen Rucksack gesteckt hatte. Das Hemd hat vorne links unten ein kleines Brandloch. Seine Arme jucken, er hat die Ärmel hochgerollt, die er bis jetzt an der Manschette zugeknöpft hatte, und lässt kaltes Wasser über seinen sehr weißen Unterarm laufen, auf dem sich ein paar kleine Härchen und dünne blaue Adern abzeichnen. Sein Gesicht ist von Perugino gemalt, die Züge geschärft von seinem Vater, der Russe ist, allerdings ist er noch mager, sein Schlüsselbein sichtbar im V-Ausschnitt des aufgeknöpften Hemds, um das er die Schulkrawatte gelockert hat. Auch heute spürt Caroline bei der Erinnerung an ihn die glatten sanften Flächen seines Gesichts unter den Lippen, auch zehn Jahre später noch ein Jungengesicht, und sie erinnert sich an den Geruch nach Wäschestärke und Tabak, den seine Haut ausströmte. Sie ist vertraut mit diesem Lockern der Krawatte, dem Reißen, dem Ruck des Handgelenks, die erste Bewegung, die er machte, wenn er die Krawatte lockerte, daran riss, als könnte er sie nicht ertragen. Spiel dich nicht so auf, sagte sie hinter dem Spiegel im Badezimmer in der Eighty-Fourth Street, und kam hervor, nackt, und legte die Arme um ihn. Ein Aperçu, ein winziger Pfeil. Sie waren damals zwanzig, vierundzwanzig, sechsundzwanzig. Sogar früh am Morgen roch er nach Gin.

Im Waschraum auf dem vierten Stock, welcher auch die Naturwissenschaftsräume beherbergt – Eichentische,

Bechergläser, Gesteinsbrocken aus dem Park, ein Vogelskelett, das von der Decke hängt –, badet Alastair seine Arme in Wasser. Er ist seit fünf Minuten im Waschraum. Er hat diesen Waschraum gewählt, weil es jetzt, während der dritten Stunde, unwahrscheinlich ist, dass jemand hereinkommen wird. Laborstunden sind am Nachmittag. Die Ritzwunden auf seinem Arm haben sich über Nacht geschlossen, aber eine tut besonders weh und ist etwas tiefer als die anderen. Er zieht vorsichtig die Haut um den Schnitt auseinander und legt den Mund daran, es beginnt wieder leicht zu bluten, in seinen Mund hinein. Es schmeckt ekelhaft und aufregend. Er fährt mit der Zunge an dem Schnitt entlang. Ein paar Monate später, oder im Sommer, als er zum ersten Mal seinen Mund auf das Mädchen mit dem Löwenzahnhaar legt, sie mit seinen Fingern öffnet oder sie sich selbst öffnet und es ihm zeigt, weil er noch nichts von alledem weiß, überhaupt nichts, und sie mit seiner Zunge findet, denkt er an den Geschmack seines geritzten Arms und seine Zunge. Und nicht nur das. Es ist 1972. Ein Tag im Februar. Zehn Jahre später, als Caroline, noch dampfend nach der Dusche, von hinten ihre Arme um Alastair legt, der die Hand vom Lockern der Krawatte an der Kehle hat, spürte sie die kleine Eidechse Angst, ein winziges Zucken, das über seine Schulterblätter huschte, und sie legte den Mund auf seine Schulter und drückte das gestärkte weiße Hemd, gestern frisch aus der koreanischen Reinigung an der Ecke geholt, mit den Lippen auf seine Haut.

Ein winziges Zucken. Das Zucken eines Kindes, das geschlagen wurde. Vor ein paar Tagen ging Caroline mit ihrer Tochter Louie ins Kino. Der Film handelte von Schwestern, die eine Band gründen, und er lief in dem heißen Kino, wo Caroline in der letzten Zeit etliche Filme gesehen hatte. Louie trug einen alten Rock von Caroline, der ursprünglich ihrer Freundin Meg gehört hatte. Er war hellblau mit winzigen gelben Blumen. Dazu trug sie ein Seidenhemd mit einem Muster aus großen roten Rosen und ein Paar hohe grüne Schnürschuhe, die viel zu schwer für das Wetter waren. Das Haar hatte sie hochgesteckt wie ein Fräulein von der Telefonvermittlung in den vierziger Jahren, und ihr Gesicht war schön. Als kleines Kind hatte Louie im Winter so weiße Haut, dass Caroline sie zum Arzt brachte, um einen Bluttest zu machen. Ein Schneekind. Louie ist müde, und sie schwitzt. Als sie im Film sitzen und der Vorspann läuft, fängt sie sofort an zu weinen, leise, stoßartige Tränen, und Caroline legt den Arm um sie. Es hat keinen Sinn zu fragen, was los ist, es ist alles und nichts. Als Louie klein war, hat Caroline ihr Kassetten mit diesen Liedern vorgespielt. Warum hat sie damit aufgehört? An den Liedern ist etwas, etwas Sirupsüßes, etwas, das zu dicht an der hausgemachten Welt ist, die Caroline für ihre eigenen Kinder aus dem Hut zaubern wollte, und vor der sie jetzt zurückschreckt. Dum-di-dum. *Dona nobis pacem.* Aber sie legt den Arm um Louie und zieht sie an sich. Ihr Kind riecht nach Zigarettenrauch und Patchouli und noch etwas anderem, Wäsche, die im heißen Wetter zu lang im

Trockner gelegen hat. Sie tätschelt Louie, die sie wahnsinnig macht. Wie in so vielen Filmen stirbt auch hier die Mutter oder ist schon tot. Louie – sie sitzen in der hintersten Reihe dieses Kinos – bebt vor Schluchzen. In diesem Kino ist das möglich, ohne dass sich jemand umdreht. Caroline selbst hat es schon gemacht. Alastair hatten diese Lieder auch gefallen, sie bedienten seine Sehnsucht nach einer Kindheit, die nie stattgefunden hatte. Als hätte die kleine Eidechse nicht gezuckt. So wie sie für Caroline und für Louie zuckt. Die Eidechse, die über Steine huscht. Angestupst von meinen Daumen. Eine Kindheit, deren Aufgabe es war, in die Robinienwurzeln unter dem Schnee zu schneiden, um ein Grab zu graben.

\*

Ein paar Tage zuvor waren Caroline und Louie zusammen in der Subway Richtung Downtown unterwegs, und beim Umsteigen schaffte Caroline es noch in die Bahn, Louie aber nicht. So etwas war schon vorgekommen. Louie ist sechzehn. Caroline stieg an der nächsten Station aus und wartete auf Louie, die mit der folgenden Bahn kam, ihren Namen rief, einen Schritt aus dem Waggon tat und sie rasch hineinzog. Louie hat sich angewöhnt, Caroline »Caroline« zu nennen und nicht Mama. Es kränkt sie beide, weshalb Louie darauf beharrt. Beim Warten auf Louie hatte Caroline sich zusammenreißen können, aber als sie auf einem Platz in der Bahn saß, begann sie zu zittern. »Alles gut«, sagte Louie. Sie ist ein

Kind, das die kleinsten Dinge des alltäglichen Lebens nicht hinbekommt, aber in extremen Situationen ganz ruhig bleibt. Sie streichelt Carolines Schulter. *Nichts ist gut*, denkt Caroline, *ich schaffe es, alles zu verlieren.*

Im Winter 1972 gibt es einen Eissturm. Eis überzieht jeden Zweig im Park, an Central Park West entlang, am Riverside Drive. Im Haus, wo sie Kind ist, in einem Vorort von Boston, überzieht das Eis das Spalier neben der Eingangstür. Alles birst. Als Alastair Kerben in die Wurzeln schlägt, ist der Boden unterm Schnee nass, und der Park ist übersät mit Abgebrochenem, wo der Frost die Zweige von den Ulmen geknickt hat. Was Caroline an der Geschichte nicht verstand, war das leise Schnappgeräusch, das die Tür des Waschraums auf dem vierten Stock machte, wenn sie auf- und zuging, das Geräusch eines Schlüssels, der umgedreht wird. Doch warum hatte die Außentür zum Flur ein Schloss? Sie hat Alastair danach gefragt, er hat ihr keine erschöpfende Antwort gegeben. Vor kurzem war Caroline im Waschraum in der Schule ihrer Tochter, der Schwesterschule des Gymnasiums, auf das Alastair vor langer Zeit ging, und sah sich die Innenklinke der Tür zwischen Waschraum und Flur an. Sie konnte unmöglich *nicht* darauf achten, sie schaute hin, ohne nachzudenken, ein Prüfblick, ein dreißig Jahre alter Tick. Die Tür ging auf, sie klackte zu. Vielleicht sagte man besser: *Er hielt sie für verschlossen?*

*And I think it's going to be a long, long time*
*'Til touchdown brings me 'round again to find*
*I'm not the man they think I am at home*
*Oh no, no, no*
*I'm a rocket man*
*Rocket man, burning out his fuse up here alone*

Wurde die Tür des Waschraums abgeschlossen oder hatte Alastair es geträumt? Hätte er sich nicht umgedreht? Jean Marc Gaspard Itard, der das wilde Kind von Aveyron aufnahm, das den Namen Victor bekam, sagte über dessen Fähigkeit, Geräusche wahrzunehmen: »Unter diesen Bedingungen war sein Ohr kein Organ, das einen Sinn für Töne, für deren Artikulation und Kombinationen hatte, sondern ein bloßes Instrument der Selbsterhaltung, das ihn erkennen ließ, ob sich ein wildes Tier näherte oder ob Früchte vom Baum fielen.« Am Tag danach fand sie den Kontaktbogen mit Fotografien eines Boots, eines kleinen gekenterten Kahns in der Bucht, das sie und Alastair einen Sommer lang jeden Tag fotografierten und dann völlig vergaßen, so wie sie alles vergaßen und alle Vorhaben aufgaben; das Eichenholzbrettchen wurde gelb, jemandes Kaffeetasse hatte einen kreisförmigen runden Flecken darauf hinterlassen. Und darunter ein Zettel: *ich wünschte, du könntest das lassen*. Ein Boot, das kaum noch ein Boot war, Jahre später ein Ziel für ihre Kinder.

\*

Aber was, wenn sie wirklich nur eine Person ist, die im Türeingang steht und wartet und zu einem erleuchteten Fenster hinaufstarrt, was, wenn du sie dir aus diesem Grund ausgesucht hast, weil du das wusstest, und sie hat dich ausgesucht, weil du es wusstest, und ihre Weigerung, diese Person zu sein, ist nichts als Sturheit? Du tust, was du tust, und gehst davon und redest über Dinge, auf die es keine Antwort gibt: Bleib dort im Waschraum bei Alastair. *Bei dieser Szene passe ich, wenn du nichts dagegen hast.* Bleib dort. Im Waschraum lässt Alastair das kalte Wasser laufen, er sieht zu, wie es in den metallenen Abfluss wirbelt. In Australien, das weiß er, fließt das Wasser in die Gegenrichtung. *Widdershins.* Aus dem Althochdeutschen: gegen, widrig. Von *sind*: Reise, senden. Kann die falsche Richtung der Beginn einer Reise sein? Und wenn man einmal unterwegs ist, gibt es keinen Weg mehr zurück? Einen Fuß vor den anderen: Der Klang von Glocken, von berstendem Eis, Wasser klatscht im Becken, Blut klopft in Alastairs Schläfen, ein winziges Boot aus Papier, kippend.

Caroline sitzt im Bett um sieben Uhr früh eines Morgens im Juli, rund vierzig Jahre nachdem Alastair hörte, wie sich die Tür des Waschraums öffnete und schloss, sie schaut auf ein Feld voller Lilien an einem Ort, den sie lieber mag als jeden anderen Ort auf der Welt: ein Haus auf dem Land, das einem Freund gehört. Bei der Ankunft gestern stellte sie fest, dass sie ihren Hut vergessen hatte, doch in der Küche fand sie einen rosageblümten Sonnenhut, den sie vor Jahren dort vergessen hatte und der seither an diesem Haken hing, und so setzte sie diesen auf. Die Krempe schlappt. Es ist ein alberner Hut. Alastair hat ihr geschrieben – gestern war ihr Geburtstag. Sie hat auch eine Nachricht von dem Freund bekommen, der vor Jahren das Mädchen geheiratet hatte, das Alastair verließ, als er sich in Caroline verliebte. *Wo bist du?*, erwiderte Caroline. Um sechs Uhr früh kam die Antwort: *In situ*. Am Tag, als sie heirateten, war es sehr heiß. Caroline war mit ihrem ersten Mann gekommen. Sie trug ein blaues Kleid aus Seidenmoiré mit einem indischen Muster, das Kleid hatte ihrer Mutter gehört. Es war zu eng in der Taille und riss später ein. Die Hochzeit fand auf einem Landsitz statt, der mal Toscanini gehört hatte, doch jetzt ein öffentlicher Park war. Ihre Mutter war als junges Mädchen dort gewesen, sie ging eine Zeitlang mit Toscaninis Enkelsohn Wally. Bei dem Namen Wally muss Caroline an einen Dramatiker denken, mit dem sie bekannt ist. Vor kurzem, es war wirklich noch gar nicht lang her, war sie abends in ein Stück von ihm gegangen. Während der Vorstellung streichelte ihr Begleiter sehr langsam ihre Schulter unter dem Flügelärmel ihres schwarzen Kleids. Das Stück hieß *The Designated Mourner* – Zum Trauernden ernannt. Der Mann, der Wally war, aber Jack hieß, sagt zu Deborah, die im wirklichen Leben seine Freundin ist oder – wer weiß – seine Frau und im Stück Judy heißt: »Hör zu, ich hab jahrelang versucht, dir von mir zu erzählen, davon, was ich für ein Mensch bin, aber leider warst du wohl mit den Gedanken immer woanders ...« Und Judy, die Deborah ist, sagt: »Bin ich nicht zu retten?« Wir haben das Stück zusammen gesehen, du und ich. Ja? Und wir sind in der Pause hinunter zur Bar gegangen, und du wolltest keinen Zucker im Tee. Später, viel später – oder war es früher? – verliebte Caroline sich in einen Jugendfreund des Dramatikers und diese Liebe war ihre Rettung oder auch nicht, aber das ist eine andere Geschichte. Jetzt hingegen scheint die Sonne durch das Fenster über dem Lilienfeld. Caroline muss dort bei Alastair im Waschraum bleiben, sie kann ihn nicht verlassen, sie ist zur Trauernden um Alastair bestimmt.

\*

*Eine Ameise bewegt sich am Rand der Bohlen auf der Veranda entlang, misst den Abstand zwischen ihnen, auf und ab, ein paar Fußbreit vom Gewirr der Fliegentür entfernt. Eine Ameise mit einem Körper wie aus drei Walzen. Draußen auf dem Feld steht das Bilsenkraut höher als der Farn. Wo die Bohlen, verwittert, kätzchenbraun, auf die Streben darunter genagelt sind – Einzelreihen silberner Nagelköpfe –, sind die Abstände etwas schmäler, und die Ameise, mit einer Hälfte des Körpers die Kluft überspannend, meinte, es auf die andere Seite zu schaffen. Die Ameise überlegt es sich, dachte sie. Eine weitere Ameise gesellte sich zu der ersten. Sie waren die Bohle auf und ab gelaufen. Jetzt überqueren sie sie. Der Himmel hatte sich verdunkelt, und die Farne waren neongrün. Der Vordergrund trat scharf hervor, greller, tat den Augen weh. Es war anstrengend. Sie schloss einen Moment lang die Augen, doch ihre Lider waren heiß. Gestern Abend ging sie an der Straße entlang, ihr Licht schwankend zwischen den Bäumen wie eine fliegende Untertasse: Glühwürmchen. Eins, dann noch eins, Edelsteine. Sie kannte das Wort auf Italienisch:* lucciola*. Ein Wort, das auch Straßenmädchen bedeutete. Sie ging auf der Straße mit ihrer Taschenlampe und knipste sie aus. Die Glühwürmchen als Kuppel über dem Feld, still wie ein Sternbild, ein Ring um die Rose, die Erde umkreisend. Einmal, in Montalcino, waren nur auf der einen Straßenseite Glühwürmchen, nicht auf der anderen (was war es noch, was sie mochten, Trauben oder Oliven? Sie wusste es nicht mehr), und dann, zwanzig Jahre später, waren sie wieder dort, letztes Jahr, wie Laich, der die Weide beleuchtete, als sie über die Lilien hinweg aus dem Fenster blickte. Wie schön, hatte sie gesagt. Aber sich nicht zu James gewandt, der neben ihr stand, ein Cousin des Hauses, den sie kannte, seit der Altersunterschied zwischen ihnen ihn zum Kind gemacht hatte und sie älter, als sie eigentlich war. Sie hatte ihn immer gemocht. Der Moment verging, in dem sie hätte sagen können – was? Und ein oder zwei Glühwürmchen erhellten den Garten, wie Sargents japanische Laternen, Goldfische in einer blaugrünen Schale. Letztes Jahr hatte jemand den Blick über den Garten schweifen lassen und gesagt: Also, ich könnte hier ewig sitzen. Gestern Abend am Feuer hatte sie einen Namen in die Flammen gegeben. Draußen vor der Veranda ist der Gartenstuhl aus Plastik ein verwischter Fleck aus türkisem Blau, grünlicher Schim-*

*mel auf dem Gurt, die Farbe von Penicillin auf einem Objektträger. Dann kam die Sonne hinter einer Wolke hervor und nahm dem Farn seinen strahlenden Glanz. Launische Sonne, und dann? Zwei Leute an einem Tisch, eine Fledermaus, die gegen den Vorhang schlug. Weniger müde – und an der Stelle schüttelte sie über sich selbst den Kopf, als rücke sie sich vor dem Spiegel den Hut zurecht – als ängstlich.*

*Denn was sollte es nützen? Der Geruch von verkohltem Holz wehte zwischen den Bäumen heran. Gestern Abend am Feuer hatte ein Mann – ein Mann, den sie nicht mochte, mit dröhnender Stimme, unnachgiebig – ein Cello verbrannt. Er hatte es ins Feuer gelegt. Wie furchtbar, dachte sie. Sie hatte erst am Morgen davon erfahren, als sie auf der Treppe stand, fertig für die Fahrt in die Stadt. Ein altes Cello. Sie hatte nie gefragt, was mit alten Instrumenten passiert. Vielleicht war es nicht wertvoll gewesen. Wertlos. Trotzdem fand sie es furchtbar. Der Mann hatte auf sie wie jemand gewirkt, der Dinge groß aufbauschte, die andere Leute einfach ignorieren würden. Ein Zündler. Aber sie hatte einen Namen zum Feuer beigetragen. Am nächsten Tag würde die Hochzeit sein. Sie hatte gesagt, sie würde kommen. Es war ein Bannspruch: Wenn sie es nicht versprach, würde sie nicht hinfahren. Ein Buch, in dem sie in einem Kapitel fehlen würde. Doch sie würde hinfahren.*

Sie will nicht in dem Waschraum bleiben, wo die Geschichte in Hieroglyphen auf den alten maurischen Schwarz-Weiß-Fliesen geschrieben steht und in den silbrigen Flecken auf den Spiegeln. Wie Etta sagt: »Bei dieser Szene passe ich, wenn du nichts dagegen hast.« Sie ist Gerda auf dem Platz in der Stadt, im Schneegestöber, sie horcht auf die Glocken im Nachhall von Kays ... Verschwinden. Sie weiß, dass er verschwunden ist. Sie weiß, dass ihr Leben sich um sein Verschwinden herum ordnen wird; sie begreift nicht, dass sie selbst ... in dieser Quonsetbaracke der Vergangenheit ... verschwinden wird, als knotenloser Faden durch dieses Nadelöhr gezogen wird. Das Wasser im Waschraum ist eiskalt. Alastair hat den Stöpsel eingesteckt, um seinen geritzten Arm unter Wasser halten zu können, der alte gelbe Gummistöpsel ist mit einer Metallkette am Wasserhahn befestigt. DEPP DU NERVST, hat jemand mit schwarzem, nicht abwaschbarem Edding in die linke obere Ecke des Spiegels über dem Waschbecken geschrieben. Alastair nimmt vage zur Kenntnis, dass diese Worte seit Monaten dort stehen. *Wer nervt?* Diese Frage zieht sich über seinem Kopf hin wie die sommers von Propellerflugzeugen gezogenen Werbebanner über dem Sportplatz in Maine, wo er Baseball spielt, eine halbe Meile von dem Haus entfernt, in das er Caroline neun Jahre später mitnehmen wird und wo er ihr die Jeans bis auf die Knöchel runterzog und dort ließ, so dass sie stolperte, als sie um drei Uhr früh aufstehen wollte. Was stand auf den Bannern in der Luft? *Trinkt Budweiser, Kreemo Toffee, Du machst mich zunichte.* Im Spiegel schließt Alastair die Augen, der geritzte Arm ist hinter ihm verdreht, der Spiegel lässt die schwarzen Buchstaben verschwimmen, die Ebereschenblätter mit ihren gezackten Blättern.

In Echtzeit, also jetzt, oder – nicht ganz – gestern Abend in New York hat Caroline eine Mail von Alastair bekommen, eine Antwort auf eine Mail, die sie am vorletzten Abend als Erwiderung auf eine vor sechs Wochen geschriebene Nachricht geschrieben hatte, die unbeantwortet geblieben war. Ihre Nachricht begann so: *Und jetzt bin ich es, die so lange gebraucht hat, um zu antworten, doch spielt das eine Rolle zwischen dir und mir?* Er antwortete darauf: *Als Antwort auf deine ersten Sätze will ich bemerken, dass es nur unsere Art ist, ein sehr langsames und behutsames Pingpongspiel zu betreiben, vielleicht eine Art Spiel, wie sie in der Schwerelosigkeit stattfinden, wie ein Spiel auf dem Mond ... Und ich nehme an, wir würden schon verstehen, wenn die Botschaft hieße: Jetzt komm, wie ich es zu meinem Hund sage, wenn er einem Pferd hinterherläuft. Du bist doch nicht dabei zu ertrinken, oder?* Nein, sie ist nicht dabei zu ertrinken.

Er zog zwei Jahre lang sein Hemd nicht aus. In jenem Sommer rieb er sich Giftsumach auf die Arme, bis sich Blasen bildeten, und er behielt beim Schwimmen und Ballspiel das Hemd an, weil die Sonne die Reaktion auf den Giftsumach verschlimmerte, und wenn die Blasen zurückgingen, wälzte er sich in dem Giftsumach hinter dem Schuppen. Beim zweiten und dritten Mal war die Reaktion stärker. Wegen des Giftsumach mussten alle seine Handtücher dauernd gewaschen werden. Er wusch seine eigenen Kleider und fasste niemanden an. Im Sommer waren die Schwielen auf seinem Rücken, wo das Leder das Fleisch aufgerissen hatte, so weit verheilt, dass er nicht mehr ins Bettzeug blutete. Einmal hatte er in ein schönes weißes Hemd geblutet, das er anziehen sollte. Im zweiten Sommer war es vorbei, doch er trug weiterhin ein dunkelblaues New-York-Mets-T-Shirt, und der Giftsumach war eine Angewohnheit geworden. Vierzig Jahre später in einem trüb beleuchteten Zimmer sagte ein Mann, der ihm zuredete, mit dem Trinken aufzuhören (Du machst dich selbst zunichte!): »Was haben sie sich dabei wohl gedacht?« »Wer?«, fragte Alastair. »Wobei?« Ein Anklopfwitz. Klopf-klopf. Wer ist da? Zu. Zu wer? Zu wem. Eine Eule in den Zweigen der Kiefer über dem Haus, das Feld umkränzt mit Glühwürmchen.

Zum letzten Mal hatte Caroline Alastair im Juli 1987 gesehen, an der Ecke Central Park West und Seventy-Second Street. Jedenfalls das letzte Mal, bis sie ihn wiedersah, Jahre später. Als er in jenem Sommer aus Somalia zurückkam, ein Land, in das zu reisen sie sich geweigert hatte, ein Land, in das sie höchstwahrscheinlich nie fahren würde, besuchte sie ihn in einem Haus, das damals noch seinem Großvater gehörte, in der Nähe des Hauses, in dem sie verheddert auf dem Teppich vor dem Kamin geschlafen hatte. Die Tapete im Schlafzimmer hatte ein Muster aus kleinen Blumenkübeln. In den Wänden nisteten Bienen, Wespen im Badezimmer, die Farbe blätterte von den Schiebefenstern und es roch muffig. Als sehr junges Mädchen kannte Caroline einen Mann, der als Junge Brandnarben im Gesicht davongetragen hatte, nach einiger Zeit fiel ihr das gespannte bläulich rote Brandmal, das sein halbes Gesicht versehrte, nicht mehr auf.

Und so war Alastairs Rücken? Ja. Aber eins hast du mir noch nicht erzählt: Was hat er seinen Eltern gesagt? Er erzählte ihnen, ein Pferd habe ihn abgeworfen, als er bei seinem Freund Tobias auf dem Land war, und er sei auf einen Stacheldraht gestürzt. Und das haben sie geglaubt? Ja. Ein Mann, der verletzt und verwirrt war und der verschwand und dann gerettet wurde. Viele Jahre nach dieser Woche, die Alastair und Caroline im Landhäuschen seines Großvaters verbrachten – in der sie kaum das Haus verließen, obwohl sie manchmal auf dem kleinen ansteigenden Rasenstück saß, vertieft in ein Buch mit Liebesgeschichten von Männern und Frauen, als könnte der Text, wenn sie ihn eingehend genug las (es waren irische Geschichten, die meistens mit Tod oder gebrochenem Herzen oder beidem endeten), sie etwas lehren –, ging sie zu einer Vernissage mit dem Mann, mit dem sie damals verheiratet war. Mit dem sie jetzt noch verheiratet ist, obwohl sie seit Jahren nicht mehr zusammenleben. Die Galerie, wo die Vernissage stattfand, gehörte zu einer Schule, und da ihr Mann die Ausstellung mit kuratiert hatte – Druckgrafiken aus der Zwischenkriegszeit oder englische Aquarelle von Indien, sie weiß es nicht mehr –, wurden sie in einem Gästehaus untergebracht, das zu der Schule gehörte. In ihrem Schlafzimmer war die Tapete mit kleinen Blumenkübeln bedruckt. Hätte man sie einen Tag davor nach der Tapete im Haus von Alastairs Großvater gefragt, sie hätte sich nicht darauf besinnen können – sie hatte fast dreißig Jahre nicht mehr an das Haus gedacht –, doch sobald sie dieses Schlafzimmer betrat, brannte ihr die Haut auf den Armen und das ganze Zimmer drehte sich um sie. Eine Woche hatten sie damals dort verbracht, nach drei oder vier Tagen begannen die Wände, die sie umgaben, sich aufzulösen. Teller standen im Abwasch, die Vorhänge sogen sich mit Flecken voll, die Milch wurde sauer, Schimmel blühte in der Dusche, nachts wickelten sich die Laken um ihre Beine, wenn Alastair ihr in den Nacken atmete und sie so fest hielt, dass sie keine Luft bekam. Es war, als hätte sich das Haus von innen nach außen gestülpt, und nichts ließ sich dagegen machen, es kam Caroline nicht in den Sinn, die Schmutzwäsche und die Kleider, die am Boden lagen, fortzuschleudern, während Alastair weinend auf dem Sofa lag.

Trotzdem, was ist die Wahrheit? Die Wahrheit ist, dass sie noch nie jemanden so geliebt hat, wie sie Alastair liebt. Oder liebte. Es macht keinen Unterschied, es ist egal, was du heute sagst oder morgen. Alastair lag weinend auf dem Sofa, ein Zucken ging über seinen Rücken. Im Bad blühten zwei Dunstwolken auf dem Glas. Fieberkraut büschelte auf dem sonnenfleckigen Rasen draußen vor der Tür. Dreißig Jahre später im Schnee bei den Robinien, wo die Narben der Schnitte, die ein Junge mit seinem Taschenmesser in die Wurzeln gehackt hatte, überwachsen sind, knotig wie Ingwer sind sie geworden, weißknöchlig, nicht mal Alastair könnte mehr genau den Baum nennen, wo vor vierzig oder zweihundert Jahren ein Schaf – oder war es ein Kind, das nicht sprechen konnte? – in einem Stacheldrahtzaun hängenblieb, der verhindern sollte, dass es sich verirrte. Das hat Alastair seiner Mutter erzählt, ja? Ja.

*

In einem Hotelzimmer in Minneapolis, wo es schneit, zog Caroline ihren Mantel an, um zum Abendessen zu gehen und danach in eine Aufführung von *Peer Gynt*. Als Gerda ihre Großmutter und den warmen Herd verlässt, in dem die Kekse backen – Mürbeteigkekse in Herzform, Gerda hat sie selbst ausgestochen –, die sie zum Tee essen wollen, wenn Kay zurückkommt wie immer, um bei ihnen zu sitzen, zieht sie ihre Jacke an, eine rote Jacke mit aufgestickten Rosen auf den Taschen, und eine rote Mütze setzt sie auf, sie will ihn draußen suchen gehen. Sie weiß zwar nicht, dass sie es vernommen hat, doch das Klirren der Glocken am Schlitten der Schneekönigin hat eine Schlinge um ihr Herz gelegt. Die Schlinge legt sich um sie und zieht sie hinaus, ein Korsett aus Draht, sie spürt, wie es sich um sie schließt, als wäre ihr Herz in einem Käfig gefangen. Als Gerdas Vater noch lebte, nahm er sie auf seinem Segelboot mit hinaus im Hafen und sagte ihr, sie solle auf das Schreien des Winds im Tauwerk horchen. Ein gespenstisches Heulen wie eine Todesfee. Das Schrillen der Glocken am Schlitten der Schneekönigin klang wie dieser Schrei, eine von Messern durchbohrte Todesfee, wie auf Zehn der Schwerter im Tarotkartensatz. Es war einmal ein kleines Mädchen, das eine blaue Kapuzenjacke mit orangem Innenfutter hatte, und auf dem Rücken und den Taschen waren Szenen einer Bärenfamilie mit einem Honigglas und einer Biene aufgestickt. Der Körper der Biene war gelb und weiß und schwarz, groß wie ein Fingernagel. Der Mond geht über der flachen Landschaft auf. Etta Place sagt: »Ich tue alles, was du von mir willst, nur eines nicht. Ich werde nicht zusehen, wie du stirbst. Bei dieser Szene passe ich, wenn du nichts dagegen hast.« Eine Geschichte in einer Geschichte, die sich immer kleiner und kleiner falten lässt, bis sie schließlich nicht größer ist als ein Körnchen Salz. Ein Aschenflöckchen. Doch das Besondere an zusammengeknülltem Papier ist, dass die Knicke immer die gleiche Länge haben. Wie unklug ist es, zurückzublicken. Alles, was wir kennen aber, sind die Bilder, die in der kleinen Hütte unserer Zeit hängen.

\*

Alastair kam aus Somalia zurück, und mitten in der Woche, die sie gemeinsam in dem Haus mit den umgekippten Blumenkübeln und den Schimmelranken am Duschvorhang verbrachten, war er verliebt. Dieses Wort hat er gebraucht? Ja. Sie hieß Mona. Sie war sechzehn. Vielleicht siebzehn. Oder sie behauptete ihm gegenüber, sie sei siebzehn, und er tat so, als glaubte er es. Sie war das älteste von sieben Kindern. Entgegen aller Wahrscheinlichkeit sprach sie Englisch. Sie war so dünn, dass ihre Ellbogen unter der Haut weiß schienen. Weil sie – was, weil nichts, er kam sich schäbig vor, weil er sie allein gelassen hatte, sie wohnte jetzt in dem Haus in Mogadishu, das er gefunden hatte, von dem Geld, das er ihr dortgelassen hatte, fünfhundert Dollar, ein Riesenbetrag. Er würde zurückfahren müssen, sagte er. Caroline faltete diesen Gedanken, so hell und zart, ein Mädchen wie ein Stern, ein Splitter in ihrem Augenwinkel, zusammen und legte ihn in eine Walnussschale. Sie waren an einem Sonntag angekommen. Am Donnerstag begann sich die Tapete mit den verstreuten Körbchen aus Trockenblumen von der Wand zu lösen. Sie stieg ins Auto, ein alter Kombi, der ihrem Vater gehört hatte, und fuhr weg. Eine Woche später etwa rief sie ihn an, doch das Telefon läutete und läutete, und er hob nicht ab. Danach sah sie ihn noch einmal, auf einer Bank an Central Park West. Es war September, vielleicht ein Monat danach. Irgendwo in ihrem Körper hat Caroline die Erinnerung daran, wie sie aufsteht und sich zum Gehen wendet, in den Knien eine kurze Spannung. Eine huschende Eidechse. Sie trug einen hellblauen Rock mit einem Muster aus gelben Knospen. Wenn jemand damals zu ihr gesagt hätte: Du wirst Alastair jetzt dreiundzwanzig Jahre nicht sehen – was dann?

Du hebst den Kopf. Du sagst: Du hast sie im Park stehen lassen, obwohl du gesagt hast, du würdest nicht in einem Türeingang warten. Sie steht immer noch dort! Ich hab gesagt, ich würde nicht auf dich in deinem Türeingang warten. Aber doch! Das hast du! Du hast Caroline im Schnee stehen lassen, du hast zwei Personen herumstehen lassen! Sag, was sonst noch passiert ist, damit wir weiterkommen. Du bringst dir selbst etwas bei – was? Vielleicht Nachsicht. Das wollen wir lernen.

*

Caroline ist im Schnee in Pelzstiefeln und mit Pelzmütze. In der Hand im Handschuh hält sie ein Mobiltelefon. Sie hat es auf Vibrieren gestellt und wartet darauf, dass Alastair sie anruft. Sie friert, trotz Pelzstiefeln und Pelzmütze. Ihr ist kalt wie dem Kleinen Bären, ein erfundener Bär, den sie als Kind liebte und von dem sie ihren Kindern vorlas. Als sie erwachsen war, freundete sie sich – obwohl das nicht ganz das richtige Wort ist – mit dem Mann an, der die Geschichten vom Kleinen Bären illustrierte, der das Bild vom Kleinen Bären schuf, das sie im Kopf hat, aber das war später. War diese Person Caroline? Ich glaube ja. Jetzt sei still. Es schneit, und der Kleine Bär, der mit seiner Mutter, Mutter Bär, in einer hübschen Hütte im Wald wohnt, geht hinaus spielen. Mutter Bär, das ist ihr Name? Pst. Er ist vielleicht zwei Minuten draußen, dann kommt er wieder herein und sagt zu seiner Mutter: »Mutter Bär, mir ist kalt. Sieh nur den Schnee. Ich will etwas anziehn.« Sie gibt ihm eine Mütze. Zwei Minuten später dasselbe. Sie macht ihm eine Jacke und Schneehosen, und so weiter. Er geht hinaus und kommt rein. Schließlich bittet er um einen Pelzmantel. »Aber du hast doch deinen eigenen Pelz!«, sagt Mutter Bär. Kleiner Bär nimmt die Mütze ab, zieht die Jacke und die Schneehosen aus und geht in seinem eigenen Pelz hinaus in den Schnee. Tja, da sind alle Elemente drin, die Caroline gefallen: Eine Person, die eine andere an- und auszieht. Sie ist seine Mutter! Kleiner Bär ist mit einem Pelzmantel auf die Welt gekommen, wie hübsch. Hattest du eine Mutter? Du hattest eine Mutter und keinen Vater, und ich hatte einen Vater und keine Mutter. Was ist schlimmer?

Caroline steht im Schnee in Pelzmütze und Pelzstiefeln und wartet darauf, dass Alastair anruft, ein paar Schritte von der Stelle, wo er vor dreißig Jahren mit seinem Taschenmesser auf die gefrorenen Robinienwurzeln einhackte und sich in den Arm schnitt. Am nächsten Tag ging er in die Schule und wusch seine Arme im Waschbecken, und vor zehn oder zwölf Jahren, an einem warmen Tag im August 1986 saß er auf einer Parkbank an Central Park West, und Caroline ging von ihm weg. Oder war es September 1987? Sie würde zwei Töchter bekommen,

Louie und Pom, und einen Sohn, George. Sind das ihre richtigen Namen? Nein. Alastair schaute in den Spiegel, und Caroline wandte sich ab von dem Spiegel, der mit Ebereschen umkränzt war. Aber es gibt Spiegel, die einen Blick nicht loslassen. Und dann konnte er sich nicht losreißen, sagt man das so? Ja. Er konnte sich nicht losreißen. Er konnte sich nicht losreißen, weil seine Arme am Körper gefesselt waren. Und du kannst dich auch nicht losreißen. Ja. Ich kann es auch nicht.

Caroline steht da in Pelzmütze und in Pelzstiefeln, es ist Februar. Ein Kind steht in einem Vestibül mit Wänden aus Buchsbaum. Sie hat das Buchsbaumhaus selbst gemacht: Sie versteckt Dinge unter einem Stein, ein Buch mit Erdflecken, ein Schuhband. Wenn sie sich eine Geschichte erzählt, die langatmige Geschichte ihrer Liebe zu Alastair, schmückt sie sie aus und zerreißt sie dann, zornig, wie man genervt ein Hemd zerreißt, das im Reißverschluss festhängt, oder an einem Knopf, und dabei den Stoff einreißt. Eine überstürzte Reaktion, die man sogleich bereut. Eine Empfindung, die sie in Tränen zum Ausdruck brachte, am Straßenrand, nachdem sie das Auto in eine Haltebucht gelenkt hatte. Ich kenne dieses Gefühl, es trägt deinen Namen. Oder vielleicht sagte sie: Ich weiß noch. Das war einen Monat, nachdem sie wieder mit Alastair redete. Denn Reden war eine Art von Erinnern, als wäre ein Teil von Caroline wieder zum Leben erweckt – ein Phantomglied. Durchs Stechen in meinen Daumen.

Auf manche Weise ähnelt Caroline ihrem Vater, einem autokratischen Mann, unter anderem auch darin, dass sie nichts loslassen kann. Ihr Vater lässt sie los und doch auch nicht. Ein einziges Mal nur hat Carolines Vater, der jetzt ein alter Mann ist, ihr gegenüber gewöhnliche Fragen der Sterblichkeit angesprochen, und das war bei einer Diskussion über den Umgang mit seinem Vermögen, falls sie vor ihm sterben sollte. Monatelang nach dieser Unterhaltung, die in einem Lokal am Broadway stattfand, versuchte Caroline sich eine ähnliche Unterhaltung mit einem ihrer Kinder vorzustellen, wie sie bei Käsetoast zusammensitzen, Kaffee aus dicken Bechern trinken und eine Situation entwerfen, in der dieses Kind tot sein würde. Einmal hatte sie in der U-Bahn ein Gespräch mit ihrem Mann, mit dem sie damals noch verheiratet war, bei dem er ihr sagte, er hoffe, von ihr einen ebenso liebevollen Brief zu erhalten, wie Virginia Woolf ihn an ihren Mann schrieb, bevor sie sich in der Ouse ertränkte. Sie fragt sich, wie es kommt, dass man sich so bereitwillig ihren Tod vorstellt.

> Ich will Dir sagen, dass ich alles Glück meines Lebens Dir zu verdanken habe. Du hast so völlige Geduld mit mir gehabt und warst so unglaublich gut zu mir. Ich will es Dir sagen – jeder weiß es. Wenn einer mich hätte retten können, wärst Du es gewesen.

Als sie frisch verheiratet war, wohnte sie in einer Wohnung, wo der Kühlschrank undicht war. In der Tür des Gefrierfachs lag – aus unbekanntem oder vergessenem

Grund – eine Glühbirne. Caroline entwickelte einen Aberglauben in Bezug auf diese Glühbirne. Sie war sicher, wenn diese Glühbirne verschoben oder fortgeworfen oder aus ihrem langen Koma im Gefrierfach genommen würde, würde alles ringsum auseinanderbrechen. Die Glühbirne, lächerlich dort im Eisfach, ein kleiner, gefrorener Planet, war das Auge im Mittelpunkt des Zugbeutels, das kalte Licht im Zentrum des schwarzen Lochs des Universums, wo alles andere aufbewahrt lag: Abendessen, die Kinder, ihre Ziehspielzeuge, Scheckbücher und Badesalz, verlorene Schlüssel, Radiergummis, Haarspangen, Muscheln vom Strand, die hätten in Chlor und Essig gelegt werden müssen, damit sie nicht stanken, aber das war nicht geschehen, so dass der Flur roch wie der Strand bei Ebbe, wenn sie im Herbst wieder in das Haus ans Meer fuhren. Hatte sie recht? Es ist schwer zu sagen, wann es anfängt mit dem Auseinanderbrechen. Einmal sagte sie in der Wut zu dem Mann, der ihr zweiter Ehemann wurde: »Alle Männer, die mich geliebt haben, lieben mich immer noch, nur du nicht.« Und er sagte: »Sie haben dich nicht geheiratet.«

*

Als Alastair sich zum ersten Mal bei Caroline meldete, war sie in der Waschküche. Damals war im Keller ein Telefon. Inzwischen ist das Telefon dort nicht mehr angeschlossen, ein Bücherregal blockiert den Anschluss, doch damals war es mit einem langen Kabel an der Wand befestigt. Die Renovierung des Hauses fand zu einer Zeit statt, als es so gerade noch Telefone gab, deren Hörer mit einem Kabel am Apparat angeschlossen sind. Damals hatten sie darüber diskutiert, Caroline wollte nicht alle Telefone schnurlos, die Kinder würden ans Telefon gehen und die Hörer herumliegen lassen, die man dann nicht wiederfand. Das war ihr Argument. Und so war es auch, die Hörer der schnurlosen Telefone fehlten immer, und von einem Schnurtelefon aus konnte man nur dann anrufen, wenn die anderen Apparate aufgelegt waren.

Caroline steht im Schnee mit ihrer Pelzmütze und in Pelzstiefeln und wartet darauf, dass Alastair anruft, ein paar Schritte von den verschwundenen Robinien entfernt. Es ist jetzt später am Abend und ich tippe in der Nacht – ich bekomme das Gefühl, dass nicht mehr viel Zeit ist, dass ich einem Licht im Dunkeln hinterherlaufe, so wie man hilflos einem Auto hinterherläuft, das die Einfahrt hinunterrollt, die Buchsbaumhecke ins Scheinwerferlicht taucht, grellgrün gegen das Dunkel. Oben singt Louie. Sie ist siebzehn, und in zwei Tagen fliegt sie nach Italien mit einem Lufthansaflug, der abends um zehn Boston verlässt. Sie singt abwechselnd »Dona Nobis Pacem« und »Boots of Spanish Leather«. Sie singt sehr schön, ihre Stimme gleitet das steile Geländer hinunter, hier in dem Haus, das dreihundert Jahre alt ist, doch geisterfrei, wie reingefegt. Aber ich habe das Gefühl, ich muss fertig werden, bevor – bevor ich wegfahre. Hör auf mit dem Aufzählen, Abrechnen. Dies hier so viel, das dort so viel. Louie ist hinuntergekommen.

*

*Sie hatte die Narbe, einen fingernagelgroßen Mond an ihrem Knie, Louie und Pom gezeigt. So viel Blut! Sie hatte noch eine Narbe, in der Haut zwischen Daumen und Zeigefinger der linken Hand. Dreißig, vierzig Jahre alt. Sie kann immer noch den silbrigen Knoten unter der Haut ertasten, wie eine Falte im Laken unter dem Oberbett. Sonntagmorgen. Sie sind bei ihr im Bett. Warum bloß müssen sie sogar sonntags mit diesem entsetzlichen Krach die Straße aufreißen? Und jetzt ist die Sonne zu heiß. Da ist der Vogel wieder, im Schatten, mit dem stählernen Klang einer ganzen Reihe Triangeln, die alle gleichzeitig angeschlagen werden. Draußen Vogelgesang, der in die Farne eintaucht, die hier und da mit weißen Blumen betupft sind wie die Deichsel zur Milchstraße. Sie denkt an James, wie er die Glühwürmchen betrachtet hat, und an die Feuer nach den Hitzegewittern in Portugal. Ein Baum, den der Blitz getroffen hat. Ein Foto von James als Kind im Borghese Park neben einem Löwen. Ist das möglich? Da ist das Foto. Im Garten hier die Weißwurzen, Heuchera, der Günsel in Lavendeltönen, die Kürbisranke. Es liegt auf ihrem Schreibtisch, er hat es ihr geschickt. Doch jetzt ist er ein Mann im weißen Hemd in Italien, der in einem Reiseführer liest, im Restaurant ein Essen bestellt. Da, sagte ihre Mutter und betupfte ihr Knie.*

*Sie war von dem hohen, scharfkantigen Bordstein in die Pfütze mit ölschlierigem Wasser gefallen, die Farben verschwammen ineinander, und als sie später zum ersten Mal marmoriertes Papier in Florenz sah, durchfuhr sie ein stechender Schmerz. Sie war auf eine spitze Glasscherbe gefallen. Sie war mit ihrem Vater und ihrer Mutter spazieren gewesen, sie hatten sie an den Händen gehalten und über die Bordsteinkante geschwenkt, doch sie war ausgerutscht, ihr Knie knickte ein, ihr roter Schuh stieß ins Wasser. Ihr Vater ergriff sofort die Initiative. Ihr Vater im offenen Regenmantel, der sie emporschwang, er war so breit, dass sie ihn gar nicht ganz in sich aufnehmen konnte, seine Breite, der Geruch des gestärkten weißen Hemds aus der chinesischen Wäscherei, seine Krawatte, jetzt ein wenig schief, der Knoten etwas gelockert, bedruckt mit kleinen Medaillons, als sei er der Sieger in einem Spiel mit winzigen Mitspielern. Sie dachte an das betrübte Nicken grauer Häupter, den Henkersrat im Hutprozess, die Hüte des Bartholomew Cubbins, die einer um den anderen verworfen wurden, eine Geschichte, mit der sie lesen gelernt hatte und die sie Louie im Lehnsessel vorgelesen hatte, aus genau demselben Buch, schau, da steht Mamas Name auf dem Vorsatzblatt, eine Geschichte, die mit einem schief sitzenden Hut aufhörte, an dem ein glitzernder Edelstein in Form eines Medaillons als Verzierung prangte. Louie strich ihren Namen aus und setzte ihren eigenen darunter:* Dieses Buch gehört Louie. *Einfach so, auf einen Schlag – ihr Name getilgt.*

*Vier Häuser weiter war eine Apotheke an der Ecke, er-*

*leuchtet hinter dem dicken Panzerglas wie ein Aquarium im Regen, einen halben Straßenblock entfernt von der Bordsteinkante, wo sie auf den glitschigen Schwanz der Schlange gefallen war, in den Regenbogen, der in die Gosse rutschte. Ein Glockengeschepper an der Tür. Drinnen war es warm und hell, und es hatte aufgehört zu regnen. Ein Geruch, stark und metallisch – war es Formaldehyd? –, ein Geruch nach Veranda und Fliegentür, ihre Nase, die sich daran presst, ihre Augen erst geschlossen, dann offen, den Blick auf die gewölbten Blätter des Buchsbaums gerichtet. Ihr Vater trug unter dem Regenmantel ein Tweedjackett, seine graue Hose – der Hut auf seinem Kopf hatte ein blaues Hutband. Ihr Knie baumelte, während er sie fest an seine Brust gedrückt hielt, linkisch, ein Mann, der es nicht gewöhnt war, ein Kind zu tragen, der aber alles konnte, ein Mann in Amerika, gewöhnt daran, die Tür zu Geschäften zu öffnen, in denen er als Kundschaft erwünscht war, in dem er sogleich von dem Apotheker bedient wurde, der einen weißen Kittel über seinem Hemd mit Krawatte trug. Der Vater schwang sie auf einen Tisch. »Ganz fix«, sagte ihre Mutter. Eine Sirene war näher gekommen – sie schrie jetzt, der Ton war weit oben in ihrer Kehle. Ihre schwarze Strumpfhose aus Serge war abgestreift, ihre Mutter hielt ihre Beine, der Apotheker, ein Mann, den sie nicht kannte, der nach etwas roch, was sie später als Tod erkennen würde, den Gestank von Spitalsfluren, tupfte mit einem Bausch braune, torffarbene Flüssigkeit auf ihr entstelltes Knie, die blutige Stelle, wo die Schlange sie gebissen hatte. »Tapferes Mädchen«, sagte er.*

*Ihr Vater nickte, als hätte der Apotheker, der Fremde, mit ihm gesprochen. Jede Handlung ihres Vaters beinhaltete: Jedes Wort wird an ihn gerichtet, muss an ihn gerichtet werden. Ein Mann, den es vor Schmutz graute, der kein Glas Wasser aus dem Badezimmerhahn trank. Wenn er zu Besuch kam, als sie schon erwachsen war, eine Frau mit Kindern in dem Haus, wo das Klavier im Flur stand, das Klavier, das seiner Mutter gehört hatte, und das Porträt von dem Klavier und seiner Mutter und ihm selbst als kleinem Jungen ihr zu Füßen hing auf dem oberen Treppenabsatz – er selbst hätte das Porträt hinauswerfen lassen, denn er war nie ein kleiner Junge –, dann sagte er leise, zu Pom oder Louie, dass das Messer nicht ganz sauber sei, sehr leise, um keine Aufmerksamkeit auf sich zu ziehen. Aber nie sagte er es zu George, denn was hatte der schon mit solchen Dingen zu tun, mit Gabeln und Messern und Löffeln? Ein Mann, der jedem Bekannten, den er auf der Straße traf, auf die Schulter klopfte und ein breites Lächeln aufsetzte, das noch lange auf seinem Gesicht verweilte. Jetzt hatte sie ein Stück Gaze auf dem Knie und ein quadratisches Pflaster, die Klebestreifen bildeten ein Quadrat. »Was hat der kleine Vogel gesagt?«, fragte ihr Vater. Unter der Woche war er fast nie zu Hause. Ihre Mutter hielt das Essen für ihn auf einem besonderen Tablett aufgewärmt. »Fidel, fidel«, sagte ihr Vater und hob sie mit Schwung von dem Tisch herunter. Der Vogel, der im Walde klingt.*

*Hundert, tausend Jahre ist es her, dass sie vom Bordstein fiel. Jetzt sammelt sich das Nachmittagslicht zwischen den Bäumen, jenseits der Lilien. Die Wunderblumen öffnen sich, lila und grün. Ihre Uhr geht vor, das abgewetzte rote Lederarmband ist zu weit, es dreht das Zifferblatt ans Innere ihres Handgelenks. Gestern zeigte ein Mann in den Baum: Schau, ein Rabe. Eine Krähe schoss los und jagte den Raben. Es war Mittsommer, deshalb hatte man im Wald ein Feuer gemacht, die Flammen hatten die Farbe der Lilien am Straßenrand, in ganzen Schwaden wuchsen sie da, die Funken kreiselten die gezahnten Zweige hinauf wie die Flügel von Monarchfaltern. Lächerlich, aber es war schön. Sie würde es in Erinnerung behalten. Die eine Person, rau gegen den Nachthimmel mit der kleinen Sichel des zunehmenden Mondes, die sie angesprochen hätte, ohne mit ihr zu reden. Die Mondsichel bewegte sich in das Rabennest. Sie war zu alt. Ein Mann hatte ein Cello ins Feuer gelegt. Der Regenbogenhimmel glitt zum äußersten Rand des Felds, zum Horizont. Die Sonne, die so lange am Himmel gestanden hatte, war untergegangen. Der Mond ging auf, die Sichel ein Riss im schwarzen Sergestrumpf des Himmels. Als junges Mädchen kaute sie an den Fingernägeln, bis aufs Blut. Hör damit auf, sagte ihre Mutter. Jetzt war sie es, die Poms Hand vom Mund wegschlug. Am Mittsommernachtsfeuer ein Spiel: Ein Stoß Zettel und ein Bleistift in einem Korb. Ein kleiner Vogel hat mir erzählt. Albern, dachte sie und verfehlte Pom im Dunkeln. Ich muss, dachte sie, ich muss. Und sie schrieb einen Namen auf den Zettel und warf ihn ins Feuer.*

*

Caroline steht im Schnee in Pelzstiefeln und Pelzmütze. Es ist Februar. Es ist genau Halbzeit zwischen ihrem Wiedersehen mit Alastair im vorigen November, nach fünfundzwanzig Jahren, und dem letzten Mal, dass sie ihn sehen würde, im November darauf. (Aber das stimmt doch nicht ganz, oder? Sie hat ihn doch wiedergesehen.) Mit Pelzmütze und Pelzstiefeln ist sie durchgefroren, eine Blase in einer Wasserwaage aus Eis. Ihre Augen sind grün.

Diese Farbe hatten deine Augen, als du aus Italien zurückkamst. Es spielt keine Rolle, welche Farbe meine Augen hatten. Caroline ist in der Waschküche. Caroline steht im Schnee – was denn nun? Als das Telefon im Keller klingelte, das Telefon, das jetzt nicht mehr angeschlossen ist, war es Colin, mit dem sie seit Monaten nicht mehr gesprochen hatte. Alastairs Vater war gestorben. Wollte sie zur Beerdigung gehen, die an diesem Wochenende in Maine stattfinden würde? Es war keine Beerdigung, sondern eine Gedenkfeier. *Bei dieser Szene passe ich, wenn du nichts dagegen hast.* Caroline passte tatsächlich bei dieser Szene, obwohl sie mit dem Gedanken spielte, ein schwarzer Hut mit Schleier, Lea Massari, ihr Gesicht überschattet, die fünfundzwanzig Jahre nach ihrem Verschwinden auf den Äolischen Inseln wieder auftauchte, wie ein Windstoß, eine apokryphe Erzählung; eine Zukunft, die uns eine Wahrheit über die Vergangenheit erzählt, als kennten wir sie nicht bereits. Aber sie fragte nach Alastairs Mail und schrieb eine förmliche Beileidsnachricht an die Adresse bei der kleinen Beratungsfirma, für die er arbeitete. Sie schrieb auch seiner Mutter, aber bekam keine Antwort. Alastair antwortete.

Nach zwei oder drei förmlichen Mails, die sie wechselten, schrieb Alastair Caroline, er habe sie geliebt und liebe sie noch. Kein Tag vergehe, ohne dass er an sie denke. Caroline war nicht sicher, wer sie jetzt war, dort mit dem rosa Sonnenhut im Garten, trotzdem amüsierte es sie. Doch je mehr sie darüber nachdachte, desto weniger amüsant fand sie es. Sie war unglücklich, sie hatte nicht gewusst, wie unglücklich sie war. Sie war unglücklich, weil sie Alastair verlassen hatte, der sie mit langem Haar kannte, das ihr um die Schultern hing bis zur Taille, in einem schwarzen Minirock aus Leder und mit ihren abgekauten Nägeln. Da man inzwischen das Internet erfunden hatte, begannen Alastair und Caroline einander regelmäßig zu schreiben. Er brachte ihr auch bei, wie man chattete, ein Kunststück, das viele Nächte in Anspruch nahm und sie viel Nerven kostete, doch dieser Zustand machte sie glücklich, weil er vertraut war. Sie saß bis spätnachts im Nachthemd vor ihrem Computer und starrte auf den blauen Bildschirm, ein See, aus dem sie ihn heraufbeschwor, und er erschien und redete mit ihr in Zungen. Sie hatte sich geweigert, in den Spiegel im Kranz aus Ebereschen zu schauen, jetzt saß sie da und schaute auf den Bildschirm. Caroline war sich nie sicher, ob sie eintauchte oder ob das glatte Wasser des Sees zu ihr anstieg und sie umfing. Sie steckte einen Zeh ins Wasser, und das Wasser entzündete sich, wie Benzin auf der Oberfläche eines Teichs, dieser schöne scharfzähnige Regenbogen, und umfing sie, und sie fiel und wurde Teil der Flamme und zu Kohle. Er fegte sie davon.

Vor Jahren, als sie Schreibmaschine lernte, damals, als das noch als besondere Fähigkeit galt, lernte sie, Kohlepapier zu benutzen, um die Kopie eines getippten Briefes herzustellen. Die kleinen Hämmer der Schreibmaschine, jeder einzelne ein Stempel, markierten das blauschwarze Blatt; eine Kopie sah aus wie eine Kopie – die Buchstaben waren immer leicht verschmiert, numinos: ein Nachbild auf der Netzhaut. Caroline wusste von Anfang an, dass sie an einen Geist schrieb, sie wusste auch, dass sie ein Geist war, der einem Geist schrieb.

Bei ihren mitternächtlichen Unterhaltungen saß Caroline in ihrem Arbeitszimmer, während die Kinder oben schliefen – in einem Zimmer, das jetzt unbenutzt ist und nur noch als ein riesiger Kleiderschrank dient, in dem Kleidungsstücke, die sie wahrscheinlich nie wieder anziehen wird, über die Stühle und sogar den Tisch verstreut liegen, als wäre der Schrank explodiert –, und lernte einiges über Alastair. Er schlief nicht in einem Bett mit seiner Frau, sondern in einem Zimmer über der Garage, auf einem Sofa und bei seinem Hund. Das Zimmer hatte eine große Schiebetür aus Glas, die auf ein Feld hinausging. Die Fensterscheibe war aus Isolierglas. Der Hund hieß Angus. Sie bekam ein Foto von seiner Schwester zu sehen, die eine Schönheit gewesen war und nun in einer Art Hülle steckte, die aussah wie aus Kleiderschichten gemacht, doch Caroline konnte noch ihr Gesicht finden, das Gesicht eines schlafenden Kindes. Sein Bruder Otto betrieb jetzt eine Installationsfirma. Sein Vater war langsam an Leberkrebs gestorben; die Mutter, die er hasste, hatte Alastair oft mitten in der Nacht angerufen, während das Sterben zu Hause seinen Weg nahm. Wenn sie versuchte, sich Alastairs Vater vorzustellen, den sie sehr gerngehabt hatte, sah sie einen Mann als Schatten in einem blauen Zimmer, beim Licht einer Nachttischlampe, und draußen schneite es. Alastairs Großmutter, die vor vielen Jahren in der Küche Carolines Arm umklammert und sie zurechtgewiesen hatte, war gestorben.

Nach ein, zwei Wochen Briefwechsel schrieb Alastair ihr von einer anderen Mail-Adresse. Diese benutze er gelegentlich, erklärte er. Es sei besser, wenn sie ihm an diese Adresse schriebe. Es kam ihr nicht in den Sinn, dass eine heimliche Mail-Adresse ein Warnzeichen ist, ein rotes Licht, das blinkt. Sie ihrerseits benutzte dieselbe Mail-Adresse wie immer, änderte allerdings ihr Passwort. Caroline, die naiv und schwer von Begriff ist und Wiederholung mag, weil *man sieht ja, wo man ist*, auch wenn man geradewegs in den Abgrund läuft, sie begriff nicht, dass Menschen, die heimliche Mail-Adressen nutzen, nicht besonders verlässlich sind. Aus seinem neuen Postfach sprach Alastair zu Caroline. Es war wie Flüstern unter der Decke, zwei Kinder, die miteinander reden. Sie waren wieder da, wo sie unterbrochen worden waren. Er hielt ihre Schulter in der Hand. Er hakte seinen Finger in ihr Schlüsselbein. Sie brauchte nur den Klang seiner Stimme, die unter den Kommas und den Phrasierungen seiner Sätze hörbar war, um das zu fühlen. Dann hört sie: Dein Knie passt in meine Hand, deine Brust passt in meine Hand, meine Hand passt genau dahin, auf deine Hüfte. Vielleicht hört das jeder.

Unter anderem erzählte er ihr, dass er in dem Zimmer über der Garage viel Zeit im Internet verbringe. Er erwähnte das nebenbei. Sie dachte: *Naja, ich verbringe auch viel Zeit im Internet, wenn ich mit dir rede. Echsenbein und Eulenflügel* – es hatte ja gerade erst angefangen. Im Allgemeinen verbrachte sie keine Zeit im Internet. In ihrer Vorstellung war es eine gewaltige Galaxie voll kleiner Sternchen wie Sprudel oder Kohlensäurebläschen. Im Sommer stieg sie mit den Kindern nachts auf die Düne, und sie schauten die Plejaden an dem samtigen dunklen Himmel an. Sie hatte erst seit kurzer Zeit einen Computer. Ihr Vater hatte sie oftmals wissen lassen – gipfelnd in einem Brief, den er sich von seiner Sekretärin hatte auf sein Briefpapier tippen lassen –, sie verurteile ihre Kinder zu einem Leben in untergeordneten Tätigkeiten, während ihre Altersgenossen an ihnen vorbei in lukrative Karrieren schossen. Sie war schwach geworden, wie ihre Kinder es nannten, als ihr Vater anbot, ihr einen Geschirrspüler zu kaufen, wenn sie ihm erlaubte, den Kindern einen Computer zu schenken. Inzwischen hatten sie drei Computer im Haus, und einer davon stand in ihrem Arbeitszimmer. Die Vorhänge in ihrem Arbeitszimmer, die sie nachts zuzog, waren aus Seide mit einem Muster aus grünen Blättern und Rikschas. Der Bildschirm war ein Spiegel.

> *Ich war in meinen Zwanzigern ... Eines Tages war ich auf einem kleinen Boot mit ein paar Leuten aus einer Fischerfamilie. Während wir darauf warteten, die Netze auszuwerfen, zeigte einer, der Petit-Jean genannt wurde, auf einen Gegenstand, der auf den Wellen schwamm. Es war eine kleine Sardinendose. ... Sie glänzte in der Sonne. Und Petit-Jean sagte zu mir: Siehst du die Dose? Sie kann dich nämlich nicht sehen.*

Konnten Alastair und Caroline einander sehen? Sehen sie sich jetzt? Caroline hatte die Taktik, wenn sie nicht mehr weiterwusste oder so tat, als wüsste sie nicht mehr weiter, ihr Innerstes nach außen zu stülpen. Um es dadurch zu tarnen. Caroline wusste, ohne es laut aussprechen zu können, ja, sogar ohne es zu denken, dass für Alastair das Internet, das er spätabends durch den blauen Bildschirm betrat, der Spiegel war, in den er geblickt hatte, als er sich im Waschraum im vierten Stock seiner Schule das Blut von seinen Wunden abwusch. Er hatte dasselbe Blau wie die flimmernden Fernsehbildschirme in seiner Kindheit, als man zur Bestellung einer Lampe, einer praktischen Kühlbox, einer garantiert erfolgreichen Abnehmdiät oder einer Strickleiter, die man im Kinderzimmer im ersten Stock für den Fall der Fälle einer unweigerlich eintretenden Katastrophe bereithalten konnte, MUrray Hill 7-7500 anrief. Hallo da. Im Internet, sagte er, kannte man ihn als …. Caroline fällt er jetzt nicht ein, der Name. Wenn sie versucht, sich darauf zu besinnen, werden ihre Fingerspitzen taub. Als er es ihr sagte, wusste sie, dass sie es die ganze Zeit schon gewusst hatte.

Was hatte sie gewusst? Ebereschenblätter bringt man deshalb nicht ins Haus, weil sie nach den Toten riechen. Caroline, die als Kind nicht hatte in den Spiegel sehen wollen, schaute auch jetzt nicht hinein. Stattdessen blickte sie in den See, in dem Alastair schwamm. Siehst du die Dose? *Sie kann dich nämlich nicht sehen.* Welche Sprache spricht man in einem eisigen Gewässer? Es gibt dort keine Sprache. Es hat die Tasten leergewaschen, das wogende Wasser hat die Buchstaben abgetragen. Weil sie es die ganze Zeit gewusst hatte, bewegte sie sich durch die Monate mit der Sicherheit einer Träumenden.

Im November hatten sie einen Plan, Caroline hatte darauf bestanden. Sie, die beiden Verschwörer, beschließen in nächtlichem Austausch, sich im November zu treffen. Es versteht sich, dass das komplizierte Vorkehrungen erfordern wird. Erstens ist das Haus in Maine, wo sie sich treffen wollen, für den Winter dichtgemacht. Zweitens ist die Straße nicht passierbar, wenn es heftig schneit. Was für ein Auto hast du jetzt?, fragt Alastair. Caroline sagt es ihm. Wahrscheinlich geht das, sagt er. Es ist ihre erste normale Unterhaltung. Alltäglich. Als Kay vom Platz in der Stadt in den eisigen Wald verschwindet, beschließt Gerda – kaum hat sie begriffen, dass er weg ist –, ihm zu folgen. Caroline hatte jahrelang nicht an Alastair gedacht, außer in Träumen, in denen sie in einem Bus auf dem Weg zu ihm saß, doch der Bus fuhr in die falsche Richtung, und der Schaffner erkannte ihre Fahrkarte nicht an, Träume, in denen sie ihn einerseits von einem Telefon anrief, das mit der schwarzen Spiralschnur an eine Telefonzelle angeschlossen war, und andererseits das Telefon in dem Haus, das sie anrief, nicht abhob – eine von vorneherein vereitelte Anruf-und-Antwort-Situation, in der sie wortwörtlich sich selbst abhängte. Sie wusste nicht, dass Alastair verloren war. Er war für sie verloren, aber das ist etwas anderes. Aber er war doch nicht verloren, oder? Er war woanders, so wie Kay woanders ist – für Gerda ist er verloren, und es ist schwer zu sagen, was Kay von der Geschichte hält. Seine Stimme ist stumm. Die Geschichte gehört Gerda. Das ist wahr. Und diese Geschichte gehört Caroline. Ja und nein.

*Tu chiedi che così tutto vanisce*
*in questa poca nebbia di memorie ...*

\*

Sie hatten einen Plan gemacht, weil Caroline darauf bestand. Caroline plant gern, nicht wahr? Ja. Es ist ein Fehler. Vielleicht. Doch *Ehre deinen Irrtum als verborgene Absicht*. Im Film, wo sie in der hintersten Reihe saß und darauf wartete, dass das Telefon klingelte – inzwischen wartete sie nicht mehr auf Alastairs Anruf, sie wartete darauf, dass du anrufst; sie wartet immer auf etwas, weil sie dann nicht selbst entscheiden muss –, treffen sich Mimi und Nick (sie kommen Caroline bekannt vor, wo hat sie sie getroffen?) in einem Haus, das der junge Reporter bei seinen Recherchen in alten Grundbüchern ausfindig gemacht hat; dort müssen sie sein, sagt er. Mimi wird fliehen müssen, Caroline hingegen wollte nicht raus, im Gegenteil, sie wollte nichts sehnlicher als dort sein, im Wald, an einem Ort, den man früher »hochgefährlich« nannte.

Anfang November hatten sie einen Plan. Caroline hatte darauf bestanden. Sie wollte ihn sehen, und das verlangte, wie sich zeigte, einige Anstrengung. Es ist schwer, jemanden aus dem Land der Toten zurückzuholen. Eines Nachmittags im November beendete sie ein Seminar, das sie unterrichtete, vorzeitig und fuhr Richtung Norden. Sie trug eine blaue Hose und ein grünes Seidenhemd, einen Lammfellmantel und einen schwarzen Kaschmirschal. Keine Mütze? Wo war ihre Mütze? Es ist egal, wo sie die Mütze gelassen hat! (Es ist nie egal.)

Es schneite. Als sie Boston hinter sich gelassen hatte, löste sie ihr Haar, das sie aufgesteckt trug. Um drei Uhr am Nachmittag war es fast dunkel. Sie fuhr zu schnell und halsbrecherisch. Sie nahm den Mautschalter mit Barzahlung statt die Durchfahrt mit ihrer Dauerkarte und zahlte auch das Benzin bar an einer Tankstelle abseits der Autobahn in der Nähe von Amherst.

Verhielt sie sich wie jemand auf der Flucht? Ja, wie jemand auf der Flucht. Oder wie ein Geist. Als sie die Autotür zuwarf, betrat sie den Ort, der kein Ort ist, zwischen damals und da. Sie hatte niemandem gesagt, wohin sie fuhr. Weil sie fast fünfundzwanzig Jahre lang nicht in dem Haus gewesen war, und weil sie, als sie dort war, eine andere gewesen war, nicht dieselbe wie jetzt, das dachte sie jedenfalls, deshalb fühlte sich ihr Kopf an wie leergewischt, als wüsste sie gerade genug Wörter, um ein belegtes Brot zu bestellen, das sie nicht essen würde, um nach der Uhrzeit zu fragen ohne Satzstellung. Ein Satz Wörter, wie Karten. Was sind Worte?, fragte ihr Englischlehrer Mr O'Rourke und fuchtelte mit der weißen Kreide vor der Tafel herum. Seit ihrer Kindheit hatte Caroline immer wieder denselben Traum: Sie betrachtete eine Seite, die sie geschrieben hatte, und konnte sie nicht lesen. Mr O'Rourkes Handschrift zog sich schräg über den leeren Nachthimmel der Tafel, die gerundeten Buchstaben senkten die Köpfe wie Schwäne. *Rose ist eine Rose ist eine Rose*, schrieb er. *So we beat on, boats against the current, borne back ceaselessly into the past. How do you like your blue-eyed boy, Mr Death? Been down so long it looks like up to me. Positively Fourth Street.*

War es getippt oder handgeschrieben? Manchmal ist es getippt, manchmal handgeschrieben. Die Seite ist ein Gewässer, sie schwimmt zwischen den Bahnen des Getippten. Ein Mädchen in einem blauen Badeanzug. Ein paar Tage bevor sie nach Norden fuhr, hatte sie in der Buchhandlung eine Karte von Maine gekauft. Es schneite, und sie wartete in der Buchhandlung, die nicht mehr existiert, diese Buchhandlung an der Ecke Broadway und Lafayette, wo du hinaufgegangen bist. Ja, ich erinnere mich daran. Sie wartete auf ihren Mann. Sie wollten Freunde zum Abendessen treffen. Caroline stieg hinauf in den ersten Stock der Buchhandlung und stand an dem Regal mit der kleinen Auswahl an Lyrik, die der Laden hatte. Sie hatte seit acht Jahren keinen Lyrikband mehr gekauft. Seit acht Jahren? Ja. Für den Zauberer, das weißt du, ist die Acht eine gefährliche Zahl, weil sie unendlich ist. Sie kehrt zu sich zurück. Damals und Da.

Ein wenig prätentiös, findest du nicht, das mit Caroline am Bücherregal? Ja, aber so war es. Caroline stand am Bücherregal und zog eine Ausgabe der *Duineser Elegien* heraus und las die Dritte Elegie auf Deutsch und brach in Tränen aus. Sie liest kein Deutsch. Sie liest Rilke. Ihr Mann verspätet sich. Dieses Wort habe sie gerade gelernt: *arricordo*. Wenn sie etwas auswendig im Herzen trägt, muss sie dann die Originalsprache lesen können? Nein, das muss sie nicht. Auf diese Art und Weise kann sie mit dir reden. Wie lernt sie auswendig fürs Herz? Nach Gehör? Nein, sie hat kein Ohr dafür. Als sie hinunterging, wo sie mit ihrem Mann verabredet war, versteckte sie die Karte von Maine in dem Band mit Rilke-Gedichten, die vom Regal aus zu ihr gesprochen hatte. *Jetzt fängt es an*, dachte sie. Ihr Mann war ein Mensch, der immer zu spät kommt, der nie auf jemanden warten muss.

Bevor Caroline zu Alastair fuhr, schickte er ihr eine Wegbeschreibung, sie wusste nicht mehr, wie man von der Stadtmitte zu dem Haus kam, das fünf Meilen weit entfernt lag. Bei ihren späteren Treffen sollte sie das Auto auf dem Parkplatz an der Ausfahrt 28 abstellen, doch beim ersten Mal fiel ihnen das nicht ein, allerdings hatte er auch Sorge, wie sich herausstellte, jemand könnte ihr Auto sehen. Das sagte er ihr nicht. Sie fuhr auf der Autobahn durch den fallenden Schnee und überquerte die Grenze nach Maine. Nicht weit von der Grenze des Bundesstaats war ein Rasthaus, und sie fuhr ab. Eine weißhaarige Frau trug eine blaue Strickjacke über einem weißen Rollkragenpullover mit Maikäfermuster. Maikäfer flieg, die Mutter ist in Pommernland, Pommernland ist abgebrannt. In einem Ständer steckten Werbeprospekte: BESUCHEN SIE DIE NATURSCHÖNHEITEN VON MAINE. Caroline hatte eine Straßenkarte. Die Frau blickte besorgt, als sie eintrat. Warum? Weil sie wie eine Verrückte aussah. Sie sah aus wie jemand, die nicht mehr weiß, wo's langgeht. Im Rasthaus ging sie zur Toilette.

In der Kabine zog sie den Mantel aus und hielt ihn auf dem Schoß. Sie hatte sehr abgenommen und konnte die Hose runterziehen, ohne Knopf und Reißverschluss zu öffnen. Die Toilettenbrille war kalt. Mit müßigem Bedauern fühlte sie, wie der warme Urin ihren Körper verließ. Im Haus wird Alastair Caroline umarmen und sagen: »Warum trägst du immer einen Gürtel«, und ihn am Schnallendorn durch die Schlaufen herausziehen. Im Waschraum legte sie vor dem Händewaschen ihren Mantel auf den Rand des Waschbeckens, der Wasserhahn hatte einen Bewegungssensor, automatisch schoss der Wasserstrahl heraus und befleckte den Mantel. Der ganze linke Ärmel war durchnässt. Als sie aus der Toilette kam und durch das hell erleuchtete Rasthaus zum Parkplatz ging, sah sie aus, als trage sie ein ertrunkenes Tier. Wie in Schneeflockenkugeln fiel das Licht auf die scharfkantigen Schneeflocken, Schnee wie Sterne, Schneeplejaden. In ihrem ertrunkenen Mantel konnte Caroline nicht gleich die Autoschlüssel finden, und während sie in der Handtasche wühlte, tauchten zwei Männer in der leeren Parkbucht neben ihr auf. Könnten sie behilflich sein? Die Männer waren freundlich, ein wenig betrunken vielleicht, und meinten nichts Böses. Quince und Stout, eine kleine Pantomime. Sie hatten gemeint, sie hätte sich vielleicht verirrt. Wollte sie mit ihnen was trinken? Was geschah, als Caroline wieder ins Auto stieg?

Ein Schulterzucken ist keine Antwort. Und nicht jeder Lichtkreis der Laternen am Parkplatz ist ein Zeichen von

Elfenwerk und ein Spiegel Ebereschenlaub. Er ist doch nicht aus Ebereschenlaub, er ist umkränzt von Ebereschenlaub. Da ist das kleine Mädchen in ihrem Kräuselkleidchen und riecht an dem Buchsbaum unter dem Spalier. Ein Mädchen, das kein Wichtel werden wollte, weil es Angst hatte, in den Spiegel zu schauen, und das zu einer Hexe heranwuchs. Einer Hexe? Ein Mädchen, das Angst hat. Haben Hexen Angst? Sie haben mehr Angst als alle anderen, sie brauchen ihre Zauberformeln, die sie beschützen. Und sie kennen die Macht der Zaubersprüche, die andere Leute nicht kennen. Andere Leute brauchen keine Zauberformeln. Das erzählte Pom Caroline eines Morgens, beim Zähneputzen vor der Schule. Du erzählst uns diese Geschichte von Caroline auf dem Parkplatz mit den Schneeflockenkugeln, weil du immer derartige Geschichten erzählst: Geschichten, in denen Caroline irgendwie hilflos ist, aber reizend. Wenn jemand anders diese Geschichte erzählte, würde diese Person nicht Carolines Charme, sondern ihre Unfähigkeit betonen, die ärgerlich ist. Jede Geschichte, die Caroline erzählt, handelt von ihrer Unbeholfenheit, ihrer spezifischen Verpeiltheit, ihrer Untauglichkeit. Caroline ist all das! Nein, das ist sie nicht. Sie ist berechnend und geldgierig. Das hast du gewusst. Das ist der eigentliche Grund, weshalb jeder, der sie liebt, früher oder später darauf kommt, dass sie nicht verlässlich ist. Denn Caroline ist nicht verlässlich.

Am Sonntag habe ich dir auf den Brief von letzter Woche zurückgeschrieben. Habe ich geantwortet? Nein. Während ich tippe, fallen Blätter in meinen Kaffee. Es wird kalt. Du trägst eine Mütze. Ja, aber keine Pelzmütze. Die Kinder schlafen oben. Wo ist Caroline? Sie hat das Auto in der Eichenallee hinter der überdachten Brücke angehalten. Die Bäume sind riesig und schneebedeckt. Der Fluss dahinter ist so träge, er scheint rückwärts auf den Punkt zuzugleiten, wo er den See speist, der wie eine Brille geformt ist, eine Acht. Als sie aus dem Auto steigt, spürt sie die Luft ringsherum in kleinen Strudeln kreisen, sie hängt in der Wasserwaage. Wenn sie über diese Straße zurückfährt, wird ihre lange Vergangenheit ohne Alastair, ein Trichter, der sie jetzt ausgestoßen hat, Vergangenheit und etwas anderes wird eingetreten sein. Und wenn es wieder dasselbe ist? Dann wird sie das wissen. Der Motor machte eine kurze Umdrehung, doch nichts geschieht. Dann stottert er. Sie sitzt im Auto, horcht auf den Motor, der sich räuspert, und denkt, dass sie eine Frau auf einer verlassenen Straße ist, in ländlicher Einsamkeit, neben einem zugefrorenen Fluss, unterwegs zu der Begegnung mit einem Mann, den sie seit fünfundzwanzig Jahren nicht gesehen hat, und der ein Verrückter ist.

Als Caroline klein war, schlief sie oft auf dem Rücksitz des Autos ein. Es war ein riesiges Auto, schwarz, eine Oldsmobile-Limousine. Die Sitze waren aus Leder. Sie war im Schlafanzug, und wenn das Auto anhielt, trug ihr Vater sie die Steintreppe hinauf zum Haus. Jede Stufe war ein Stein, die Treppe war steil und unter dem Rhododendron beschrieb sie eine Kurve. Der Buchsbaum am Hang neben der Treppe war so groß wie sie, wenn sie danebenstand. Die Blätter passten auf ihre Finger wie kleine Hauben. Selbst im Schlaf roch sie den Buchsbaum, wie Laubfeuer in der Ferne. Als ihre Kinder klein waren, schrieb die Älteste Botschaften von den Elfen, die die anderen Kinder am Fuß des Kiefernwalds finden sollten. Das Haus gehörte ihren Großeltern. Es war Herbst. Im Sommer mietete Caroline ein anderes Haus, oben auf einer Klippe, wo es durch die Decke regnete. Sie war nicht gern länger unter einem Dach mit ihrem Vater. Als sie klein war, hob ihr Vater sie aus dem Auto, und sie legte die Arme um seinen Hals. Wenn es Wochenende war, stand der oberste Knopf an seinem Hemd offen, und sie roch den Wäschereigeruch seines Unterhemds. In den Nähten der ledernen Autositze hatte der Sand um die Stiche Klumpen gebildet. Jeden Sommer fuhren sie an den Strand. Und manchmal auch im Winter. Als Caroline aus dem Auto stieg, um zu Alastair zu gehen, und auf den zugefrorenen Fluss blickte, dachte sie: *Er ist ein Verrückter, und ich bin verrückt.*

Noch ein paar Fakten zu Caroline und Alastair: *Er fesselte Caroline gern.* Wie hat er das gemacht? Es war schwierig, sie ans Bett zu fesseln, weil es kein Kopfteil hatte, und meistens schlüpfte sie aus den Fesseln, die Krawatten von Barneys und Brooks waren, nicht die echte Variante, eher zum Lachen. Er band sie nicht besonders fest, und sie konnte sich schnell befreien. Dass die Fesseln nicht fest geknotet waren und ihr nicht in die Haut schnitten, war in gewisser Weise das Problem, denn Alastair konnte es nicht ertragen, Caroline zu fesseln, und gleichzeitig konnte er es nicht ertragen, es nicht zu tun. Später nahm er dafür Frauen mit in seine Wohnung in der Eighty-Fourth Street, aber das sollte Caroline erst Jahre später erfahren.

Nach ihrer Trennung hatte sie jahrelang denselben Traum: Sie kaufte eine Fahrkarte für den Zug, um zu Alastair zu fahren, doch wenn sie auf den vom Traum ausgestellten Fahrschein schaute, war es der falsche, zu einem völlig anderen Zielort, das wusste sie, obwohl sie die verschwommen gedruckten Buchstaben nicht lesen konnte. Jedes Mal entdeckte sie den Fehler wieder aufs Neue – was sie im einen Traum gelernt hatte, löste sich auf und ließ sich nicht auf den nächsten übertragen; wieder würde sie umsteigen und am Bahnhof im Schnee warten müssen. Von einer Telefonzelle am Ende des Bahnsteigs versuchte sie ihn dann anzurufen, und niemand hob ab, obwohl sie das Telefon läuten sah, ein schwarzes Schnurtelefon an der Wand oder auf der knorrigen Kiefernholzkommode oben, und sie sah es auch läuten, wenn sie die zweite Nummer versuchte, die im Haus in der Stadt, dem mit dem Wandbild von der Trauerweide. Niemand hob ab, oder manchmal hob sie ab, ein Schatten an der Wand im Mondschein, der durch das Oberlicht über der Tür fiel. Sie sah sich selbst mit hochgezogenen Schultern in einer alten grünen Jacke, die sie seit Jahren nicht mehr getragen hatte, das Telefon in dem kalten leeren Haus abheben. Sie kannte beide Nummern auswendig, *a memoria*. Sie sind auch in ihrem Mobiltelefon gespeichert, immer noch, zusammen mit den Nummern der Toten, die zu löschen sie nicht über sich bringen kann, nicht einmal die Sprechnachrichten mit ihren Stimmen kann sie löschen. Du wirst dich an die Brücke erinnern, hatte Alastair gesagt. Die Brücke war im Schnee schwer zu erkennen, und es wurde dunkel. Trotz des Schneefalls und der geschlossenen Autofenster konnte sie den gezeitenabhängigen Fluss hören, unter dem Eis jenseits der Bäume. Er bewegte sich wie der Schwanz eines gewaltigen Tiers. An manchen Stellen war der Fluss zugefroren, an anderen war das Eis aufgebrochen, als hätte der Schwanz es gesprengt. Das offene Wasser war schwarz, Blätter und zerbrochene Zweige schwammen darauf. Vor ein paar Wochen, fünf oder sechs Jahre nach jenem November, beschrieb Alastair in einem Brief, wie sein Hund gern in diesem Fluss schwamm, und wenn er gehen wollte, rief er: Jetzt komm. *Wie geht es Dir?*, fragte der Brief. Hat sie geantwortet? Nein, noch nicht.

\*

*Sie erinnerte sich an das Geräusch von Wasser. Eine große Schleuse über ihnen. Die Felsen waren glitschig, aber sie konnten hinter dem Wasserfall in eine Höhlung gelan-*

*gen, die das rauschende Wasser in den braunen Fels gewaschen hatte. Am Boden der Höhlung war ein See, wie mit Spitzen besetzt vom Sprühdunst des Wasserfalls, ein Vorhang aus Grün. Das Geräusch war gewaltig. Es hämmerte ihr auf die Ohren, ihre Knie trommelten auf das Wasser. Sie war eine Puppe an Fäden, bewegt von der Walze des Wassers, das über den Klippenrand rauschte. Das Donnern kam von hoch oben über ihrem Kopf. Sie konnte in dem See stehen, die Wasserspiralen grün und weiß und golden, Phantasmen. Einmal hatte sie ins Maul eines Wals geblickt, über die durchscheinenden Zähne hinweg, jetzt stand sie drinnen und schaute hinaus, es war unmöglich, aus dem Schlund der Höhle durch das Schäumen des Wassers hindurch etwas zu sehen. Ihre Brüder neben ihr waren Fische, die an ihre Beine stießen, sie waren kleiner als sie, und das Wasser reichte höher bei ihnen, doch sie hatten keine Angst, sie johlten in dem Tosen, hielten sie an der Hand, ihre freien Hände wie Windrädchen, nur Fingerbreit vom Sprühdunst entfernt. Sie hatten ihre Badehosen an. Draußen war es heiß, aber in der Höhle war es kühl, fast kalt. Dieser Ort war seit Jahrtausenden nicht trocken gewesen, seit einer Zeit, als die Erde anders aussah als jetzt, Sandstein und Basalt lagen damals in riesigen Brocken unter einer rasenden Sonne. Wenn sie später ihre eigenen Kinder am Meer an den Händen hielt, damit sie von der Brandung nicht umgeworfen wurden, erinnerte sie sich an dieses Geräusch, sie krümmte sich wie die Welle, die gleich über sie rollen würde, während die Hände an ihr zogen.*

*Es war Winter, doch wo sie waren, war es Sommer. Ein paar Mal in ihrer Kindheit gab es diese Urlaube in den Winterschulferien, Palmen wie hohe Herrschaften, dünne Baumwollvorhänge, Deckenventilatoren, riesig wie Propellerblätter. Irgendwann hörten diese Ferien auf. Sie erfuhr nie, warum, fragte nie danach. Dann fuhren ihre Eltern allein mit dem Taxi zum Flughafen. Ihre Großmutter kam und spielte Solitaire. Sie benahm sich daneben, kam nicht an den Esstisch, aß heimlich Süßigkeiten in ihrem Zimmer. Im Winter mit dem Wasserfall war sie neun oder zehn. In dem gemieteten Haus stand eine Kupferschale mit Zitronen in der Mitte des Tischs, Mückennetze schwebten wie Gespenster von der Decke um die Betten. Orange Eidechsen huschten an den Fensterrahmen auf und ab, über die blauen Bodenkacheln und die gelben Kacheln im Bad.*

*Was tat sie als Neunjährige mit ihrem Vater im Bad? Sie redet mit ihrer Freundin Helen in der Küche in Wainscott – sie ist jetzt erwachsen, sie haben im Ganzen acht Kinder, sie machen Coronation Chicken für fünfzehn Personen – die Zuckerdose aus Keramik hat genau dasselbe Gelb, eine Ostereifarbe. Es war in dem Sommer, in dem eine Qualle sie verbrannt hatte, das hinterließ einen Handabdruck auf ihrem Gesicht, der sich wochenlang hielt, und die anderen Kunden im Supermarkt wandten verlegen den Blick ab. Als Kind hatte sie ein Muttermal in der Form von Australien auf der Schulter, das später verschwand. Jetzt war es, als hätte das Meer, das sie lieb-*

te, dieses Mal auf ihrer Haut wieder heraufbeschworen: Da ist es ja, es war nie fort. Helen ist auch ein ältestes Kind, und die Art, wie sie »mein Vater« sagt, öffnet die Tür des Hauses zum Strand an dem Ort, wo es Sommer war und nicht Winter. Der Terrassenboden war aus Beton, und die Kinder vom Ort spalteten gleich dort Kokosnüsse und gaben ihr und ihren Brüdern, die vier und fünf waren, für einen Vierteldollar das weiße Fleisch zu essen, in dem Winter sagte sie zu ihrem eigenen Vater unter dem Brausen der Dusche an die weiße Handtuchhalterung in dem gelben Bad geklammert: »Ich bin zu groß dafür.« Sie erinnert sich an den exakten Augenblick, dort in der Küche in Wainscott stehend, in der alten Küche, noch vor dem Hurrikan, bei dem der Baum durchs Fenster krachte – die Schränke klappten damals auf und zu und ergossen ihren Inhalt, Miso und Ahornsirup bildeten Pfützen auf der Anrichte. Wie Caroline war Helen eine älteste Tochter. Was hatte das zu bedeuten, wenn sie sagte: Ich bin zu groß dafür. Ihr Vater größer und sie viel kleiner, groß wie eine Katze, die um das Gebüsch streift, unter der Buchsbaumhecke hindurch bis hinters Spalier, in den Hohlraum aus verflochtenen Zweigen, wo sie einen Knopf aufbewahrte, eine kleine Schaufel, eine Tafel Schokolade, von Spitzmäusen angenagt, und hätte man einen Querschnitt durch die Erde gemacht, wo der Buchsbaum stand, hätte dort in schiefer, wackliger Schrift einer Hand, die unlängst erst das Formen von Buchstaben erlernt hatte, auf einem Exlibris gestanden: Dieses Buch gehört Caroline. Auf dem Exlibris war die Zeich-

*nung eines kippelnden Bücherstapels zu sehen. Ihre Knöchel traten weiß hervor, wo sie sich an den Handtuchhalter klammerte, als wehre sie sich dagegen, gezerrt oder gezogen zu werden. Doch die Augen hatte sie fest zugekniffen.*

※

Doch so ist Caroline zum ersten Mal erschienen, ja? Wann? Du warst im Winter mit den Kindern nach Captiva gefahren. Du hast mir erzählt, dass das Bad einen gelb gekachelten Fußboden hatte, und im Schlafzimmer stand ein weißer Sekretär mit gelben Zierleisten. Du hast mir eine Beschreibung des Raums geschickt und hast mir erzählt, dass du Caroline im Spiegel gesehen hast. Und dann hast du angefangen, an Caroline in Eis und Schnee zu denken. Aber nicht an ihre Hände am Handtuchhalter, das kam später. Nein. Doch, das kam später.

Für Caroline gab es eine Antwort, für Alastair eine andere. Ein Ja und ein Nein. Die gedruckten Zeilen wackeln, die Strudel um die Buchstaben ordnen sich um. Doch für Caroline sind Präsens und Zukunft nicht perfekt. Der Ausdruck »Hör auf« schloss und öffnete Türen. Doch wann fing es an? »Hör auf, ich bin zu groß dafür«, hatte sie zu ihm gesagt. Es gab nie eine Zeit, auch nicht in der verlaufenden Gegenwart, in der sie darüber mit ihrem Vater sprechen konnte, dem Vater, der jetzt ein alter Mann ist in seinem Hahnentrittjackett und mit

Schnurrbart, mit seiner Gicht und seiner – unveränderten – Unfähigkeit, sich unterbrechen zu lassen. Als sie Kind war, kam er in ihr Zimmer und streichelte ihr Haar, bis sie einschlief, ein Mann, bei dem sie sich nie sicher fühlte, mit dem sie im Sommer jeden Tag auf einem kleinen Boot hinaus in den Hafen fuhr, wo sie immer wieder um einen Rettungsring wenden musste, um zu lernen, wie man eine über Bord gegangene Person vor dem Ertrinken rettet. Alles Mögliche kann passieren.

Als Caroline vierzig Jahre später ihren zweiten Mann verließ, kam ihr Vater zu dem Haus, wo sie sich mit ihren Kindern aufhielt, und wollte darauf bestehen, ihre Töchter mitzunehmen. Ihre älteste Tochter war sechzehn. Nein, sagte sie, und riss den Arm zurück, den er berührt hatte. Später sagte sie: Ich hab das für dich gemacht, Mama, sag nicht, ich hätte nie etwas für dich getan, Rauch quoll dabei aus ihrem Mund, wenn sie an der Zigarette zog, draußen im Garten. Aber sie hatte nicht mit ihrem Großvater gehen wollen. Rauch nicht so nah am Fenster bitte. Von hinten sieht meine Mutter aus wie vierzehn. Meine Mutter ist ein Kind, meine Eltern sind so originell. Außerdem, sagte sie zu ihm, sollst du nie wieder mit mir über meine Mutter sprechen. Auf derselben Reise, in dem Winter, als sie neun war, nahm Carolines Vater sie mit zu einem Aluminiumbergwerk, an dem er Teilhaber war, dort bekam sie ein Glas kalte Limonade unter einem Sonnenschirm. Wenn sie am Wasserfall ihre Hand durch den Vorhang aus Wasser streckte, konnte sie die Hand nicht vor Augen sehen. Selbst heute bleibt ihr das Wort *Aluminium* noch im Mund stecken, unaussprechbar. Siehst du die Blechdose da? Sie sieht dich nicht. Das Aluminium im Bergwerk glitzerte. In Maine schneit es so heftig, die Flocken – es schneit heftig. Nur wenn sie Nein sagen kann, kann sie Ja sagen.

Was hat Caroline gelernt, als ihre Faust sich um den weißen Handtuchhalter aus Keramik krallte, in dem gemieteten Haus in der Nähe von ... Es war 1968. Ich versuche, mir Caroline mit acht oder zehn Jahren vorzustellen, in ihrem Speedo-Badeanzug. Oder im Nachthemd? Wie viel Uhr war es? Wo war ihre Mutter? Das ist doch die Geschichte, oder? Oder ein Teil davon, eine andere Geschichte für ein andermal. Gestern Nacht war Caroline fast die ganze Nacht auf und hustete, das Kratzen im Hals würgte sie. Sie konnte niemanden anrufen und sagen, wie krank sie war. Sie hat sich ihr Bett gemacht und liegt jetzt darin. Will sie allein sein? Liegt es daran, dass sie weiß, sie muss das jetzt zu Ende bringen, irgendwie einen Ausweg finden? Ist das passiert? Nein, ich glaube nicht, *ma chi sa*? Wenn sie nicht allein sein wollte, wäre sie nicht in dich verliebt. Ich drücke mich nicht klar aus, ich will jetzt nicht darauf eingehen. Wir können später davon reden, ihr sind schlimmere Dinge passiert. Was ist denn schlimmer? *Du drängst zu sehr. Jeden verdammten Augenblick.* Nicht ungeliebt zu sein, sondern der Knotenpunkt von Gewalt zu sein. *Den Unterschied nicht sehen zu können.* Nicht benennen zu wollen. In dem kleinen Badezimmer mit den gelben Kacheln hob ein Mann wiederholt im Spiegel die Hand und schlug ein Kind, voll Wut. Es war 1968. Alastair war elf. Caroline war neun. Ich glaube, das stimmt. Ich versuche, mir Caroline mit neun vorzustellen, in ihrem Speedo-Badeanzug. Oder im Nachthemd? Wie viel Uhr war es? Sie war ein unmögliches Kind, das stimmt, zu Wutanfällen neigend, zu Gekränktheiten, ein Kind, das seine ganze Kindheit über nicht ertragen konnte, wenn seine Eltern den Raum betraten, das seine Eltern nicht umarmen konnte, was diese verärgerte. Aber sie kann es nicht. Sie weiß, wo sich der Wolf niederlegt. Caroline, gegen den Schnee gewappnet in Mütze und Mantel, wartet darauf, dass ein Phantom anruft, ein Mann, der sie später in diesem Jahr, in diesem Sommer, im Winter darauf, in dem Haus umarmen wird, wo Nick Mimi trifft, um sie zu überreden, sich zu stellen, als spielte es eine Rolle, wer den Abzug gedrückt hat, um seine Töchter zu retten, von denen eine Mimi zur Mutter hat. Ein belangloser Film, den man vergessen kann. Caroline geht ins Kino, um durch die Filme ihre Träume zu verstehen, so wie jeder andere auch. Alastair konnte Caroline nie ein Leid zufügen, und deshalb war es von Anfang an vorbei. Aber das hieß nicht, dass sie gefeit war gegen zugefügtes Leid.

\*

In seiner Nachricht hatte Alastair gesagt, er würde früh dort sein, um das Haus aufzusperren, doch als sie schließlich am Ende der Kiefernallee ankam, wo der Schnee die Steinmauer fast ganz bedeckte, war niemand da. Ihre Stiefel waren für das Wetter nicht geeignet. Daran hatte sie nicht gedacht. Sie stieg zum Haus hinauf, doch die Tür war mit einem Vorhängeschloss versperrt. Es war außerordentlich kalt. Caroline kam der Gedanke, dass sie eine Torheit beging. Sie fragte sich, ob sie Angst hatte, stocherte ansatzweise in dem Gedanken herum, wie man es tut, um festzustellen, ob jemand noch schläft oder wach ist. Sie wusste von den Besuchen im Winter mit Alastair hier, dass der Schnee, der jetzt leise fiel, kurz darauf schon nicht mehr passierbar sein würde, sie würde ihre Hand nicht mehr vor Augen sehen können. Caroline kam der flüchtige Gedanke, ihre eigene Hand könnte das Beste sein, was sie vor Augen sehen könnte, sie war im Wald im Finstern in einem Traum und wartete auf Alastair, über den sie zu viel wusste, und den sie seit fast dreißig Jahren nicht gesehen hatte. Später, zuerst im Sommer danach und dann Jahre später, sollte er schreiben: Weißt du, dass der Riegel immer noch abgerissen ist, von damals, als ich ihn aus den Angeln gebrochen habe? Als seine Mutter im Frühling das kaputte Schloss sah, sagte sie: Natürlich ist hier jemand eingebrochen. Er klärte sie nicht auf. Stattdessen sagte er: Es hat doch keinen Sinn, es zu reparieren. Wenn jemand einbrechen will, sollen sie doch, es gibt nichts zu holen.

Es gab alles zu holen. Caroline wartete eine Viertelstunde im Schnee. Nach einer Weile wartete sie nur noch ab, was jetzt passieren würde. Es war gut möglich, dass er gar nicht kam. Wenn er nicht käme, wäre sie in einer anderen Geschichte als der, die sie sich vorgestellt hatte, doch man konnte sich alles Beliebige vorstellen, wie sie wusste. Wusste sie das damals schon? Ja. Das ist schrecklich. Sie hat das so früh schon gelernt, ja? Sie hat gelernt, wenn etwas anderes passiert, ist es einfach eine andere Geschichte, und dass Geschichten selbst auch unterschiedlich erzählt werden können. Die Geschichte von Ödipus ist eine andere, wenn wir denken: Laius und Jocaste waren sehr jung, sie hätten sich anders entscheiden können. Caroline hat früh gelernt, dass alles Beliebige geschehen könnte, dass der Peitschenhieb kommen konnte, und aus diesem Grund hat sie gelernt, gleichgültig zu bleiben, ob er kam oder nicht, denn sie konnte sich nur schützen, indem ihr egal war, was kam. Ich glaube, Ödipus hätte Jocaste so oder so geheiratet. Egal, was war? Ja.

\*

Caroline steht in dem kristallharschen Schnee und wartet auf Alastair. Sie wartet nicht darauf, dass ihr Mobiltelefon klingelt. Sie ist ohne Mütze in dieser Kälte. Später wird sie eine Pelzmütze und Pelzstiefel haben, aber jetzt nicht. Es ist still, wo sie wartet, dort an der verschlossenen Tür. Über die Flügelfenster zieht sich eine Haut aus Eis, die am Rand aufgeworfen ist. Verwehter Schnee bedeckt die Schieferplatte auf der Stufe zur Tür. In der Nähe Tierspuren im Schnee, ein Fuchs oder ein

Reh hat einen schiefen Kreis in das Weiß gezeichnet. Sie hat keine Ahnung von Tierspuren, obwohl Alastair ihr vor Jahren beibringen wollte, sie zu erkennen; er schenkte ihr ein Buch mit Abbildungen winziger Spuren, an Weihnachten steckte er es in ihren Strumpf. Die Sprache des Waldes ist ihr fremd. Sie ist in die Zeit gefaltet, steht im Schnee, endlos, zwischen damals und da. Er kann nicht enden, der Konflikt zwischen Caroline und Caroline, Caroline und Alastair, Alastair und Alastair.

Aber ich habe Caroline erfunden und will, dass es endet. Ja, du hast sie erfunden, aber sie gehört nicht dir – du wusstest, wer sie war, weil du sie erkannt hast, als ich sie dir beschrieb: *una ragazza nella neve*. Das stimmt, aber jetzt schreibe ich das hier, um sie zurückzunehmen. Sie wird ihre Mütze und ihren Mantel nehmen und aus der Tür schlüpfen, sie wird nicht in einem Türeingang auf dich warten und hinauf zu deinem Fenster schauen. Du schreibst es, damit viele Dinge möglich sind, du versuchst, dich selbst aus einem Traum zu erwecken. Geht es um Alastair und Caroline? Nein, es geht um den Augenblick, in dem Caroline aus einer Trance erwacht. Was für eine Trance? Kinder und Schule, und am Herd stehen. Aurora erwacht auch aus dem Schlaf. Ja, und wir wissen eigentlich nichts darüber, wie das ausgegangen ist, oder?

Caroline wartet im Schnee, zwischen Zukunft und Vergangenheit, und wartet auf Alastair. Er kommt doch, oder nicht? Ja. Er fährt einen graugrünen Subaru-Kombi mit Winterreifen. Er ist inzwischen ein Mann, der ein Auto mit Winterreifen fährt. Er lebt in Maine. Caroline hat keine Winterreifen. Das Auto ruckelt über die kleine Erhebung und gleitet dann hinunter, gleich neben Carolines Auto, das am Teich geparkt ist.

Caroline wartet im Schnee mit Pelzmütze und in Pelzstiefeln, sie wartet darauf, dass Alastair anruft. Ihr Mobiltelefon steckt in ihrem Handschuh. Sie ist einen Steinwurf weit von der Stelle entfernt, wo Alastair vor dreißig Jahren versuchte, für sich eine Kuhle unter den gefrorenen Robinien zu hacken. Caroline wartet im Schnee darauf, dass Alastair erscheint, es ist November, ein paar Monate zuvor. Er kommt in einem Auto mit Winterreifen, das Auto ist voll mit Lebensmitteln. Er will Caroline immer noch aufpäppeln. Es ist, als wäre keine Zeit vergangen. Er hat Schokolade mitgebracht und Käse und Cracker und eine Flasche Lagavulin. Und Kaffee und Milch. Eine Packung Nudeln. Würste. Er steigt aus dem Auto, er trägt einen Fleece-Pullover. Er sieht noch genauso aus, nur fülliger. Hinter der Brille haben seine Augen die Farbe von graugrünem Achat, das hat sich nicht geändert. Die Fältchen um seine Augen sehen aus wie die Vogelspuren, die zu lesen er ihr beibringen wollte, als sie Kinder waren. Sie macht einen Schritt auf ihn zu in ihren Stiefeln, die für dieses Wetter nicht geeignet sind. Bei der Umarmung legt er die Arme ganz um sie und wölbt die Hände um ihre Ellbogen. Eine Geste, die sie sofort erkennt, Alastair zieht an ihren Ellbogengelenken, und Caroline fängt an zu weinen. Sie ist zu tief in der Geschichte, um sie als Geschichte zu erkennen, die einen Anfang, eine Mitte und ein Ende hat. Sie wissen es beide noch nicht, das ist einer der Gründe, weshalb sie lächerlich sind, wie sie dort im Schnee stehen, Caroline hat den Mund an Alastairs Jacke gelegt wie ein Pferd, das nach Süßem sucht.

Caroline steht im Schnee mit einem Mann, den sie seit vielen Jahren liebt, und der jetzt mit Vorliebe Frauen dabei zusieht, wie sie sich verletzen. Sie ist nicht unbeteiligt. Sie hat es – wie heißt noch dieses neue Wort – *ermöglicht*. Denkt sie das wirklich? Für Caroline ist Alastair die Geschichte, die nicht die Geschichte ist, die Geschichte im Innern des japanischen Fächers, der sich selten öffnet, nur jetzt, wenn es kalt und still ist. Hier ist das Haus, und hier ist der Kirchturm, die Kiefer, deren Tuschzeichnungsschatten das Haus streift. Die Kalligraphie ist zu klein und deshalb nicht leserlich.

ELLIE ANDREWS: Und übrigens – wie heißen Sie?
PETER WARNE: Was soll das?
ELLIE ANDREWS: Wer sind Sie?
PETER WARNE: Ich? (*lächelnd*). Ich bin die Nachtschwalbe, die im Dunkeln ruft. Ich bin der sanfte Morgenwind, der über dein hübsches Gesicht streicht.

Er konnte sie nicht sehen, was heißt: Er konnte sie auf dem Bildschirm sehen, aber sie nicht berühren. Es war anders als damals mit Mona in dem Lehmziegelhaus, die weiße Wäsche in der feuchten Luft, ohne je zu trocknen, Jalaato kauend in Mogadishu, ein paar Straßen von dem gestirnten Fluss Shabelle, in der Stadt, in die Caroline nicht fahren wollte, wohin zu fahren sie sich weigerte, wo er sich wie eine Spitzmaus unter dem Sediment seiner eigenen Geschichte einen Bau angelegt, aus Wurzeln herausgehackt hatte, und damals dachte: Alles kann passieren. Er saß bis spät in die Nacht mit seinem Hund in dem Zimmer über der Garage und sah den Frauen auf dem Bildschirm zu. Manchmal fand er eine Frau, die er eine Zeitlang behielt. Eine hieß Ruby. Sie war Sängerin, manchmal sang sie in einer Spelunke in Portland namens Stewie's, wo er hinging, um sie zu sehen. Sie wohnte nicht weit weg, und ich glaube, er hat sie ein- oder zweimal in einem Hotel oder Motel getroffen, doch wenn sie körperlich anwesend war, hatte er Probleme, sie anzufassen, deshalb kehrten sie wieder zum Bildschirm zurück. Er wollte sie nicht anfassen? Wie ging es denn vor sich? Die Frauen taten, was er von ihnen wollte. Ja. Das wars. Beschrieb er es Caroline? Ja. Und sie war Komplizin? Es war kompliziert zwischen Caroline und Alastair. Ja, das meinst du. *Quest'è quello che pensi.* Und nie Jungen? Nein. Aber Alastair sah sich selbst im Spiegel. Es war der gleiche Spiegel wie über dem schartigen Becken, wo er seine Arme wusch, die Ärmel des Oberhemds hatte er bis über die Ellbogen hochgestreift. Caroline sah sich nicht selbst? Nein, sie hatte sich abgewandt. Siehst du die Sardinenbüchse da? Ich schaute in den Spiegel und sah – *Nein, das würde Caroline nie tun.* Was machte

Caddy Compson im Birnbaum? Caroline war neun. Was machte sie? Erzählte Geschichten. Dieser Teil ist schwer aus ihr rauszukriegen. Als sie klein war, hatte sie eine Freundin, deren Mutter sie auf Schatzsuchen in den Wald schickte. Man folgte einer Schnur, die sich von Baum zu Baum schlang, auf dem Weg gab es kleine Preise zu finden: ein Püppchen war an die Schnur geknüpft oder ein Spielzeugauto, doch der letzte Preis war immer ein Kuchen in einer großen Schachtel, und wer den Kuchen zuerst fand, bekam immer das erste Stück und verteilte dann die anderen Stücke an die anderen Kinder. Doch der Wald war voller Brombeerranken, und wenn die Kinder endlich den Kuchen erreichten, waren sie zerkratzt und bluteten. Irgendwann war es so weit, dass Caroline Nein sagte und Alastair Ja, doch in gewisser Weise ist es umgekehrt richtig. Sie sagte Ja und er sagte Nein. Sie sagte Ja dazu, nicht zu wissen, was geschah, und er sagte Nein, dies ist geschehen. Aber zum Lächel-Lied hat sie Nein gesagt? Ja, sie hat Nein gesagt zu dem Lächel-Lied, das die verästelten Adern der Flüsse hinuntergetragen wurde.

\*

Sie zuckt zusammen, wenn ihr Vater sie berührt, wie sie es immer getan hat, und er macht weiter damit, gibt ihr das Gefühl, dass es ihre Schuld ist, wenn sie zuckt. Sie hat Angst vor kleinen engen Räumen, davor, unter der Erde zu sein, davor, nicht wegzukönnen, deshalb geht sie als Erste oder macht es unmöglich zu bleiben. Sie bietet sich anderen als Gelegenheit an, sich danebenzubenehmen, am Ende ist es ihre Schuld. Nach einem Besuch bei ihren Eltern mit den Kindern klappt Caroline im Auto den Spiegel am Beifahrersitz herunter und studiert ihr Spiegelbild. *Wichtelpluspunkte.* Als sie Kind war, trug ihr Vater Krawatten mit einem Muster aus kleinen Abzeichen. Jahre später, als Louie noch klein war, sagte sie: »Ich weiß immer, wenn wir bald ankommen, denn dann schaust du in den Spiegel, um den Lippenstift zu überprüfen.« Und Caroline war entzückt, nun eine Frau zu sein, die erwartungsgemäß ihren Lippenstift im Autospiegel kontrollierte. Dieselbe Tochter sagte: »Du meinst dauernd, es wird gleich regnen, weil du immer die Sonnenbrille aufhast.« Wie du selbst siehst, jetzt, da du zu Tode gelangweilt gähnst, wünschst, du könntest dich zum Verschwinden bringen und Caroline würde einfach aufhören – und du könntest verschwinden, du wärest verschwunden, das Verschwinden ist dir nicht fremd. Doch Caroline hat jetzt Probleme, das gelb gekachelte Badezimmer zu verlassen, wo Alastair den Hahn mit kaltem Wasser aufgedreht hat. Kann der falsche Weg ein rechter Anfang sein? Einen Fuß vor den anderen, der Klang von Glocken, von berstendem Eis, Wasser klatscht im Becken, Blut pocht in Alastairs Schläfen, eine Schale voll Zitronen, ein winziges Boot aus Papier, kippend.

Caroline steht im Schnee, in ihrer Schneekugel. Als ihre Kinder klein waren, las sie ihnen die Geschichte von der

Schneekönigin vor, ein Märchen, in dem das Ende lange auf sich warten lässt, als wäre es eine Geschichte, die sich in der Geschichte entfaltet, eine Origami-Schneeflocke, die eine weitere Schneeflocke enthält, bis das Innere schließlich zu einem Splitter Salz schrumpft. Es ist nicht klug, zurückzublicken, das wissen wir. Als Kay in der Geschichte verschwindet, zieht Gerda aus, ihn zu suchen, und stößt auf Widrigkeiten. Ein ums andere Mal wird sie wundersam gerettet. Gegen Ende der Geschichte etwa steht dies:

> Ich kann ihr keine größere Gewalt geben, als sie schon besitzt; siehst Du nicht, wie groß die ist? Siehst Du nicht, wie Menschen und Thiere ihr dienen müssen, wie sie auf bloßen Füßen so gut in der Welt fortgekommen ist? Sie kann nicht von uns ihre Macht erhalten; die sitzt in ihrem Herzen; sie besteht darin, daß sie ein liebes unschuldiges Kind ist. Kann sie nicht selbst zur Schneekönigin hineingelangen und das Glas aus dem kleinen Kay bringen, dann können wir nicht helfen!

Es stimmt, Gerda spricht das Vaterunser, um durch das Tor des Palastes der Schneekönigin zu gelangen. Als sie das Tor passiert hat und noch ein Stück gegangen ist, findet sie Kay, mitten auf einem zugefrorenen See, starr vor Kälte. Er ist der Junge im Spiegel, umgeben von einem Ring aus den schrecklichen Blättern der Eberesche. Der See heißt Spiegel der Vernunft. Soll das heißen, dass alles, was sich im See spiegelt, rückwärts weist, eine Schlange, die sich in den Schwanz beißt? *Chi lo sa?* Er ist dem Bann der Schneekönigin verfallen und hat eine Aufgabe bekommen: Er muss das Wort Ewigkeit aus den Eissplittern zusammenfügen, die um ihn herum verstreut liegen wie Puzzleteile.

Es ist so kalt, dass Kay keine Sprache hat, die Eissplitter zerbrechen ihm zwischen den Fingern, in denen so wenig Wärme ist, dass das Eis nicht schmilzt, wenn er es in der Hand hält. Doch als Gerda ihn erblickt, weiß sie das alles nicht – sie läuft auf ihn zu und küsst ihn weinend, ihre Tränen schmelzen den Eissplitter in seinem Herzen und waschen den Schiefer aus seinem Auge, und er ist wieder froh, sogar die Eissplitter sind glücklich und tanzen auf dem gefrorenen Spiegel und fügen sich zu dem Wort *Ewigkeit*, so dass die Schneekönigin Kay freilassen muss, um ihr Wort zu halten, und rosig und froh kehren sie in ihr Dorf zurück, das mit einem Mal gar nicht weit weg ist, zurück zu den Blumenkästen, in denen die Rosen heiß und feucht blühen, und zur Großmutter, die aus dem Evangelium zitiert: »Wahrlich, wahrlich ich sage euch, wenn ihr nicht umkehrt und werdet wie die Kinder, werdet ihr nicht ins Himmelreich gelangen.«

Die Geschichte hat Caroline immer irritiert. Warum sollte die Schneekönigin ihr Wort halten? Und warum sollte sie Kay eine Aufgabe stellen, mit deren Lösung er sich befreien könnte? Tat sie es, um ihn zu quälen, weil sie so sicher war, dass er es nicht schaffen konnte? Warum das Wort *Ewigkeit*? Sollte Kay nicht eine Ewigkeit in seinem Puzzle aus Eissplittern verbringen? Doch wollte

Kay, im Zauberbann der klirrenden Glöckchen, überhaupt befreit werden? War Kays Trance – in die er sich selbst begeben hatte, als er sich dem Zauber der Schneekönigin hingab – seine freie Wahl? Er hatte doch einen Splitter des Spiegels im Auge, oder nicht? Aus wessen Sicht wird die Geschichte erzählt, aus Gerdas oder Kays? Gerda sucht nach Kay, die Suche ist die Geschichte ihres Lebens, die sie sich selbst erzählt, aber wartet Kay darauf, dass Gerda ihn findet? Meint er selbst, er sei verloren und verirrt? Der Erzählbogen verlangt Auflösung oder sogar Erlösung, diese Caroline-Rosine, doch in ihrem Lieblingsmärchen von der Kleinen Meerjungfrau, von dem gleichen Verrückten in Kopenhagen beim Licht eines rußspeienden Talglichts geschrieben – diese Geschichten sind ja *erfunden* von einem Jungen, der in der Schule gequält wurde, der Sohn einer Wäscherin, der zu einem Fragezeichen heranwuchs –, löst sich die Meerjungfrau in ihrem Kummer, die Füße von Klingen durchbohrt, ohne eigene Stimme im Schaum der Wellen auf: eine Geschichte vom Preis der Begierde. Es ist eine wahrhaftigere Geschichte als die, in der Tränen einen Eissplitter zum Schmelzen bringen. Caroline, die sich auch noch beim Umblättern der Seiten des Buches an Alastairs Geschichte krallt, steht im Schnee, von Sehnsucht zerrissen wie von einem eisernen Keil, der sich durch ihr Herz bohrt. Auch im Schnee lungern ein paar Gestalten um den Wasserspeicher herum.

\*

Aber auf was wartete Caroline im Park, mit ihrer Pelzmütze und in Pelzstiefeln damals, vor Jahren? Sie wartete darauf, dass Alastair anrief. Und hat er angerufen? Ja. Er rief immer mal wieder an, über Monate. Sie verbrachten ein paar Tage in Mexiko, sie traf ihn einige Male in Maine, er kam nach New York. Er war inzwischen in eine andere Frau verliebt, eine Studentin. Er verließ seine Frau, kehrte zu ihr zurück. Caroline besuchte ihn in einer entsetzlichen Wohnung über einem Laden an der Hauptstraße der Stadt. Und als das vorbei war, war er wieder in Caroline verliebt. *Ich habe nie aufgehört, dich zu lieben*, schrieb er noch vor wenigen Wochen. Bald wird es dort, wo er wohnt, schneien, der Bildschirm ist ein blauer See, der Hund schläft auf dem Teppich vor dem Kamin. Draußen vor dem Fenster wird der Schneesturm einsetzen, erst leicht, wie eine Prise Salz zum Glückbringen, dann schärfer und schneller, eine Discokugel aus Schnee, bis er die Hand nicht mehr vor Augen sehen kann. Er will die Hand nicht vor Augen sehen, die Hand, die dann begann, so zärtlich die Schnitte an seinem Arm zu waschen.

In der wirklichen Zeit – also vor ein paar Wochen – bekam Caroline in New York eine Mail von Alastair, als Antwort auf das, was sie am Vortag geschrieben hatte. Am Anfang ihrer Mail stand: *Und jetzt bin ich es, die so lange gebraucht hat, um zu antworten, doch spielt das eine Rolle zwischen dir und mir?* Er schrieb: *Als Antwort auf deine ersten Sätze will ich bemerken, dass es nur unsere Art ist, ein sehr langsames und behutsames Pingpongspiel zu betreiben, vielleicht eine Art Spiel, wie sie in der Schwerelosigkeit stattfinden, wie ein Spiel auf dem Mars ... Und ich nehme an, wir würden schon verstehen, wenn die Botschaft hieße: Jetzt komm, wie ich es zu meinem Hund sage, wenn er im Sheep River schwimmt. Du bist doch nicht dabei zu ertrinken, oder?* Caroline muss sich erst besinnen, wie jemand, der sich gerade nach einem Sturz aufgerappelt hat. Nein, sie ist nicht dabei zu ertrinken.

Das hast du mir schon mal erzählt. Aber reden die beiden denn noch miteinander, Caroline und Alastair? Ja. Soll ich dir davon erzählen? Ja. Sie reden nicht richtig miteinander, aber auf eine gewisse Art und Weise haben sie nie aufgehört, miteinander zu reden. Jahre später, als eine Epidemie herrschte und man sich mit fast niemandem treffen konnte, sah sie ein Video, in dem eine alte, berühmte Tänzerin Regie über vier Tänzer in einer Geschichte führte, die sie liebte, und die von einem Ungeheuer und einer Prinzessin handelte. Jeder Tänzer war in seinem eigenen Zimmer, in Moskau, in Santa Barbara, in New York, in Belgrad, doch sie kommunizierten miteinander, indem sie ihren Tanz auf die anderen, für sie unsichtbaren Zimmer ausgerichtet aufführten, durch Verbindungen, die sie herstellten, indem sie einander zu sich zogen oder von sich wegschoben. So ist es auch zwischen den beiden. Aber es ist eigentlich nicht so, wie mit dir zu reden. Erzähls mir. Kann ich es schnell machen, in einer

Art Abkürzung? Ja, weil ich will, dass es weitergeht und zum nächsten Teil kommt. Du nickst, heißt das Ja? Das bedeutet es in der Regel. Weil es mich etwas langweilt. Ja.

Das letzte Mal sah Caroline Alastair im Juli 1985, an Central Park West, Ecke Seventy-Second Street, auf der Parkseite, beziehungsweise das letzte Mal, bevor sie ihn Jahre später wiedersah. Fünfundzwanzig Jahre später ist sie in einem Hotelzimmer in Minneapolis, wohin sie mit einem Freund gereist ist, um einen Schauspieler in einem Stück im Guthrie Theater zu sehen. Draußen schneit es. Die eine Wand des Hotelzimmers besteht aus Fenstern, die gegenüberliegende Wand ist über einem niedrigen langen Sekretär mit Spiegeln verkleidet. Caroline hat die Vorhänge zurückgezogen, und es schneit auf beiden Seiten des Zimmers, draußen und im Spiegel. Sie denkt an Lara in *Doktor Schiwago*. Sie hat eine Pelzmütze, die fast genauso aussieht wie die Mütze, die Julie Christie auf ihrer langen, kalten Fahrt durch den Schnee trägt, doch sie hat vergessen, die Mütze mitzunehmen. Die Mütze hat sie von einer Großtante, die zu ihr sagte: »Ich trage das nicht, aber du bestimmt.« Caroline gehört zu den Leuten, die oft Dinge bekommen, von denen andere Leute meinten, dass sie sie wollten oder tragen würden, aber dann aussortiert haben. Man könnte es auch so ausdrücken: Sie behält Dinge noch lange, nachdem sie von anderen beiseitegelegt wurden. Auf der Fahrt zum Hotel hatten sie einen Umweg genommen, weil das GPS – eine weibliche Stimme mit australischem Akzent – den Fahrer, ihren

Freund, den philanthropischen Besitzer von Aluminiumbergwerken, in denen die Arbeiter ruchlos behandelt wurden, der fast immer darauf bestand, selbst zu fahren, zu einem Wohnwagenpark führte anstatt zu dem Hotel in Minneapolis. Er hatte die falsche Adresse eingegeben. Schon während der Autofahrt hatte es angefangen zu schneien. Sie waren zu viert im Auto: Caroline und ihr Freund, seine Frau und eine Italienerin, die ihr Freund gerne für den Vorstand eines Theaterensembles gewinnen wollte, in dem er selbst Vorsitzender war. Diese Italienerin – sie hieß Paola – war weder vom Schnee entzückt noch von dem kurzen Besuch im Wohnwagenpark nach einstündiger Irrfahrt, und sie hatte aufgehört, mit Caroline zu reden, die aus dem Fenster starrte und sich wie in Trance gab. Stattdessen redete die Italienerin ausführlich darüber, wie schwierig es war, jemanden zu finden, der in ihrem Haus bei Pienza den Abfluss reparieren konnte. Caroline dachte nicht an Abflüsse, stattdessen schweiften ihre Gedanken müßig wie Kugelschreibergekritzel am Rand eines Blatts mit Mathematikaufgaben zu einem Theaterstück, das sie vor vielen Jahren gesehen hatte, in dem Stück wurde ein Kind in einem Hintergarten begraben, der so aussah wie die Freiflächen um die Parzellen in der Wohnwagensiedlung. Am Ende des Stücks tritt ein Mann namens Tilden auf die Bühne, er trägt die mumifizierten Überreste des Kindes im Arm. Der Freund, mit dem sie in dem Stück gewesen war – sie waren damals beide noch im Grundstudium –, lebte heute in Italien, aber in Viterbo, weit weg von Pienza.

Draußen vor dem Hotelzimmer im Excelsior in Minneapolis schneit es. Caroline ist dabei, sich anzukleiden, um mit ihrem Freund und seiner Frau im Theater *Peer Gynt* zu sehen. Sie hat sich die Haare gebürstet, aber viel weiter ist sie mit dem komplexen Vorhaben des Ankleidens noch nicht gekommen. Sie hat sich geduscht und trägt den Hotelbademantel aus weißem Frottee. Wenn sie den Bademantel mit nach Hause nehmen will, setzt das Hotel fünfundachtzig Dollar zusätzlich auf die Rechnung. Anstatt sich anzukleiden, denkt sie nach. Sie ist fünf Jahre jünger als jetzt. Sie fragt sich, wann und ob sie das Telefon abheben und Alastair anrufen wird, der in Maine lebt, wo es auch schneit, der still und leise etwas durchmacht, was man früher Nervenzusammenbruch nannte, der – das weiß sie – an diesem Wochenende mit seiner jüngeren Tochter allein zu Hause ist, weil seine Frau mit der älteren Tochter zu einem Skilanglaufturnier gefahren ist. Sie sind als Familie sehr engagiert bei Skiturnieren dabei und mit Bestzeiten in Rennen befasst und fahren Kinder im Schnee in der Gegend herum, das Auto mit Ausrüstung vollgestopft. Oft ruft er sie an, wenn er auf dem Parkplatz dieser Veranstaltungen steht, bei laufendem Motor und mit eingeschalteter Heizung sitzt er im Auto. Er trinkt im Auto. Er gehört zu den Männern, die immer eine Flasche Whisky im Büro haben, unter einem alten Pulli versteckt in einer Schreibtischschublade. Wenn Caroline in den Spiegel schaut, schneit es, sie ist eine Frau in einem weißen Frotteebademantel im Schnee. Draußen vor dem Hotel bildet der Schnee eine weiße Kruste auf den Blättern der Ebereschenzweige.

In dem Hotel in Minneapolis, in dem Caroline beim Ankleiden ist, schneit es im Spiegel. Sie überlegt, ob sie das Telefon abheben soll oder nicht, um ein Gespräch durchstellen zu lassen. Sie möchte nicht, dass der Anruf auf ihrer Mobiltelefonrechnung erscheint, deshalb wird sie den Anruf von der Hotelzentrale durchstellen lassen und ihn separat bar bezahlen, während sie den Rest der Rechnung mit der Kreditkarte bezahlen wird. Solche Gedanken ermüden Caroline und heitern sie gleichzeitig auf, als spielte sie ein Spiel, dessen Regeln sie erst beim Spielen macht. Das meint sie jedenfalls. Wie üblich hat sie unrecht. Vor dem Spiegel zieht Caroline eine hellbraune Samthose an und ein rot und pink gestreiftes Hemd aus Flanell, das mit riesigen Strassknöpfen geschlossen wird. Das Hemd, das sehr schön ist, gehörte mal der Mutter des Freundes einer ihrer Töchter – eine Frau, die auch die Patentochter der Mutter einer engen Freundin ist. Diese Frau hat das Hemd Louie geschenkt, und Louie hat es Caroline gegeben. Über das Hemd zieht sie eine Jacke mit Hahnentrittmuster, die früher derselben Großtante gehörte, von der Caroline die Pelzmütze hat. Sie schaut in den Spiegel, in dem es schneit, und steckt ihr Haar hoch. In dieser Phase trug Caroline ihr Haar meistens hochgesteckt. Wo sie auch hinkam, ließ sie Haarnadeln liegen. Sie überlegt, ob sie das Telefon abheben und den Anruf durchstellen lassen soll. Um diese

Zeit jetzt macht er wahrscheinlich Abendessen. Sie ist nie in dem Haus gewesen, in dem er in diesem Winter wohnt, deshalb kann sie sich die Küche nicht genau vorstellen, stattdessen stellt sie sich eine Küche im Haus seiner Mutter vor, kurz vor Weihnachten fünfundzwanzig Jahre früher.

Seltsamerweise kann sie sich überhaupt nicht daran erinnern, wie Alastairs Elternhaus in Maine von außen aussah, auch nicht an den Eingang oder den Rasen vor und hinter dem Haus, obwohl sie sicher ist, dass dort ein Rasen war. Es war ein niedriges Lamellen-Holzhaus mit sonderbar verteilten Anbauten, es gab ein Gewächshaus, ein Jagdzimmer, das nach Hund roch. Das Esszimmer – an das kann sie sich wegen einiger angespannter Abendessen erinnern, die sie dort hinter sich brachte: Caroline war auch nach zwei Jahren, die sie mit Alastair lebte, noch die neue Freundin, und die Eltern hatten die davor lieber gemocht, ein großes, dunkelhaariges Mädchen mit einer Neigung zur Selbstabwertung, die sie bis in ihr mittleres Alter behielt – zierte ein Wandgemälde von einer Trauerweide, eine mit Blumen übersäte Dorfszene. Unten um den Stammansatz der Weide zog sich eine achteckige Bank. Das Wandbild gab den Dorfanger draußen vor dem Fenster wieder, doch jetzt waren Haus und Anger mit Schnee bedeckt. Eis überzog die Küchenfenster, und jemand hatte mit dem Fingernagel ein Bild von einem Haus mit Rauchwolken auf dem Schornstein in das Eis auf der Fensterscheibe gezeichnet. Das Dorf hieß Odense. Der Künstler hatte hinter die Trauerweide einen grünen Fluss gemalt, der sich durch die Landschaft wand. Das Haus, das ins Eis gezeichnet war, passte zu dem Haus in dem Wandbild, dieselben vier Fenster unten und oben, derselbe sich kräuselnde Rauch. In der Küche dachte Caroline darüber nach, wie interessant es war, aus der Fensterscheibe eines Hauses zu blicken, das jemand, wahrscheinlich Alastairs jüngere Schwester, die Whip genannt wurde, in das Eis auf der Fensterscheibe gezeichnet hatte. Whip war zwölf und sah aus wie ein Engel, der gelandet war, aber nicht lange bleiben würde. Alastair, der auch damals schon in Carolines Geschichte die Rolle eines Riesenfalters spielte, dessen Flügel sie mit ihrem unablässigen Schlagen abwechselnd schützten und erschreckten, fotografierte Whip gern, wenn sie schlief. Er fotografierte auch Caroline. Er war gern allein im Dunkeln, während Bilder wie Träume aus dem Säurebad aufstiegen. Er fotografierte besonders gern an seltsamen oder verlassenen Orten, unter Brücken oder Aquädukten, in Nischen, wo sich der Abfall türmte. Er war in der Stadt aufgewachsen, ohne die Einschränkungen unablässiger Aufsicht, und er kannte all die Stellen, wo ein Fünfzehnjähriger high sein konnte, ohne dass jemand es merkte, und er brachte Caroline gern an diese Orte und fotografierte sie. Letzten Sommer hatte er eine Serie von Fotos von einem gekenterten Boot in der Nähe eines Hauses von Carolines Eltern gemacht, das langsam vor sich hin vergammelte. In der Küche war es warm. Es war neun Uhr früh. In der warmen Küche stand Alastairs Großmutter, sie trug ein schwarzes Kleid und eine blaue Skijacke, die, wie Caroline erkannte, einmal Whip gehört hatte, und machte Tomatensauce. Am Abend zuvor, dem Abend vor Heiligabend, als sie ankamen, hatte sie schon am Herd gestanden, mit ihrem schwarzen Kleid und dem Umlegetuch. Sogar in der Küche hielt sie sich an ihrer Handtasche fest, ein Monstrum aus brüchigem schwarzem Leder, als fürchtete sie, sie könnte ihr abhandenkommen, wenn sie sie nicht im Blick behielt. Diese Sorge war nicht ganz unbegründet, Alastairs Bruder Otto glaubte damals nicht an Besitz. In Odense bewahrte Caroline Bargeld in einer alten Ausgabe von *Hangman's Holiday* auf, die im Bücherregal in Alastairs früherem Kinderzimmer stand, am Buchrücken klemmte eine Büroklammer. Whips Sachen fasste Otto nicht an. Sie erwähnte das Alastair gegenüber. Er will nichts von ihren Sachen, sagte er, was so viel hieß wie: Whip hat kein Geld. Im Laufe der drei Tage in dem Haus, an denen es so heftig schneite, dass man nicht einmal daran denken konnte, ins Freie zu gehen, entwickelte Caroline eine tiefsitzende, unbeirrbare Angst vor Alastairs Großmutter, die ihren Arm in einen Klammergriff nahm wie eine Hexe im Märchen. Sie hieß Angelina Alighieri.

Um neun Uhr früh machte Angelina Tomatensauce, während Caroline am anderen Ende der Küche darauf wartete, dass das Wasser durch den Kaffeefilter rann. Es rann sehr langsam. Vor ihr lagen Jahre, in denen sich die Zeit, die sie mit dem Warten auf Kaffee verbrachte, vervielfachte, sich zu gummiringartigen Stunden dehnte, in denen sie im Halbschlaf auf das Geräusch der Espressomaschine wartete, auf die Sättigung des gemahlenen Kaffees in der Cafetière, oder, noch später, wenn sie faul war, auf das Piepsen einer deutschen Kaffeemaschine, das anzeigte, dass das Wasser den Kaffeesatz passiert hatte. Auf die Arbeitsfläche hatte Angelina vier große Dosen mit geschälten Tomaten gestellt, auf jeder Dose ein Etikett, das ein lächelndes, schwarzhaariges Mädchen mit einem Korb voll Tomaten auf dem Kopf zeigte. Ihr Bild saß wie ein Edelstein in einer Einfassung aus grünen Blättern, die nichts mit den Blättern von Tomatenstauden gemein hatten. Die Schwerkraft war bei dem flachen Tomatenkorb außer Kraft gesetzt, schief wie die Flügel eines kreisenden Doppeldeckers saß er auf dem Kopf des Mädchens. Das Mädchen trug eine Bauernbluse und eine sehr weiße Schürze, auf der wundersamerweise kein Tomatenflecken zu sehen war. Die Schrift auf dem Etikett war in Italienisch: *Pomodori Pelati San Marzano*. Die Marke hieß Nina. Du musst immer geschälte Tomaten nehmen, und immer nur San Marzano, sagte Angelina. Das war 1983. Angelina hatte diese Dosen herbeigezaubert – woher? Aus dem Nichts. Es war eine Phantasietomatensauce, gekocht in einem Phantasiehaus im Schnee mit dem Bild einer Trauerweide im Frühling, das jemand vor zweihundert Jahren auf die Esszimmerwand gemalt hatte, und dem Bild eines Hauses mit rauchendem Schornstein, ins Eis der Fensterscheibe von einem Fingernagel eingeritzt.

Bestimmte Dinge bleiben Caroline im Kopf. *Nimm immer San-Marzano-Tomaten.* Schneide die Stiele von Blumen nicht auf eine Länge, bevor du sie in die Vase gibst. Wenn du beim Verlassen des Hauses eine Laufmasche in deinen Strümpfen bemerkst, tu so, als sei es dir beim Aussteigen aus dem Taxi passiert. Zieh nach Labor Day keine weißen Schuhe mehr an. Sie nannten mich das Hyazinthenmädchen. Gestern Abend – dreißig Jahre später – bekam sie einen Brief von Alastair: *Ich würde gerne mal* (hier ist der Name von Carolines jüngster Tochter einzusetzen, ein merkwürdiger Name, einer, den sie nicht hätte vorhersagen können) *treffen … würde irgendwie gern mal … Ich weiß nicht … den Sturm und Drang hinter mir lassen, und dann wieder denke ich, nur noch der Sturm und Drang hält mich am Leben.* Caroline weiß, dass das stimmt. Am Tag vor ihrer Ankunft in Minneapolis hat sie Anna Magnani in *Rom, offene Stadt* gesehen, von einem Platz in der dritten Reihe in dem fast leeren Kino. *Credi che non mi vergogni di essere sposata nelle mie condizioni?* Meinst du nicht, dass ich mich schäme, in meinem Zustand zu heiraten? Magnanis kleiner Schnurrbart sieht aus wie aus winzigen Metallspänen, wie von einem Magnet auf ein Gesicht gezogen, das mit Filzstift auf Zellophan gemalt ist. Im Kino schloss Caroline die Augen. In der letzten Zeit geht sie zwei, drei Mal in der Woche ins Kino, meistens allein, und sie hat zwei Filme gesehen, in denen eine Tür von einem Magneten auf der anderen Seite der Tür geöffnet wird. Sie gehört zu denen, die trotz gegenteiliger Beweise auf Zeichen und Zauber lauert,

Stöckchen im Wald, Hexerei. Gestern Abend hat sie zu einem Freund, der sich für Vogelrufe interessiert und ihr am Telefon detailliert den Ruf eines Eisvogels beschrieb, gesagt: »Ich werde von wilden Tieren zerrissen.«

Eines Abends vor fünf Jahren versucht Caroline während eines Schneesturms in Minneapolis, sich eine Küche vorzustellen, in der Alastair für seine jüngste Tochter Tomatensauce macht. Sie hat immer Probleme, sich Alastair in einer Situation vorzustellen, in der sie nicht vorkommt, deshalb stellt sie sich die Küche in Odense vor. Sie haben sich lange nicht gesehen, außer insgesamt neun Stunden in den letzten paar Monaten. Sie hat ihn dreiundzwanzig Jahre überhaupt nicht gesehen, das ist genau die Hälfte ihres Lebens, nach Tagen und Stunden gezählt. Da er ein paar Jahre älter ist als sie, ist der Prozentsatz der Zeit, in der er sie nicht gesehen hat, geringfügig kleiner, und Caroline hat das Gefühl, dass dieser Umstand eine grundsätzliche Wahrheit über ihre Beziehung enthält: Sie nimmt geringfügig weniger Raum ein. Wenn sie sich sehen, denkt sie etwas mehr an Alastair, wenn sie sich nicht sehen, trifft auf Alastair das Gegenteil zu: Er denkt die ganze Zeit an sie. Sie weiß es, weil er es ihr gesagt hat. »Ich brauche nicht an dich zu denken«, sagt Jerry in einem Stück, das Caroline und Alastair vor fünfundzwanzig Jahren in New York sahen. Viele Jahre später ging sie mit ihrem Patenkind in London in eine Wiederaufnahme des Stücks, das von der weitsichtigen Natur der Untreue handelt – der Patensohn war zweiundzwanzig, nur zwei Jahre älter als Caroline, als sie das Stück zum ersten Mal gesehen hatte –, und nach der Aufführung trat er hinaus auf die schmale Earlham Street und sagte: »*Niemand* würde sich so benehmen.« Und Caroline dachte bei sich: »Nicht mal ich bin jemals so jung gewesen.« Mit zweiundzwanzig wusste sie schon Bescheid über Verrat und Betrügen: Wie Otto hatte sie eine vage Vorstellung von dem, was Besitz bedeutet. Aber was ist eine Wiederaufnahme?, dachte sie. Als junges Mädchen wurde sie oft von ihrer Großmutter ins Theater mitgenommen, und die Großmutter sagte dann seufzend, wie viel besser die Aufführung gewesen war, als das Stück zum ersten Mal gespielt wurde. Jetzt begreift sie, dass es die Neuheit war, die alles besser machte: der ferne Abend selbst, ihre Großmutter noch jung, im neuen Kleid, die Haare des Großvaters noch rot. Jetzt, nachdem sie das Stück drei, sogar vier Mal gesehen hat, kann sie nicht sagen, ob das Stück besser war, als sie es zum ersten Mal sah. Das Stück, das sich rückwärts in der Zeit bewegt, nicht vorwärts, ist verflochten mit den Jahren, in denen sie mit Alastair zusammenlebte, eine Phase, die wie ein rostiges Stück Eisenkette knapp überm Sand bei Ebbe wirkt, eine alte Leine, die das Schlauchboot angebunden hält, wo sie sitzen, zusammengekrümmt gegen den Wind, ankernd im eisigen Wasser. Grenzenlos waren ihre Methoden, einander unglücklich zu machen. Caroline dachte sich vieles zu diesem Umstand, keiner ihrer Gedanken nützte etwas. Sie konnte Alastair zum Beispiel damit in den Wahnsinn treiben, dass sie ihn glücklich machte. Kleine Augenblicke des Glücklichseins. Schon damals fand sie nicht die Kraft, das zu ändern. Jetzt, fünf oder sechs Jahre nach dem Schneefall in Minneapolis weiß sie, dass Alastair immerzu an sie denkt. Sie weiß es, weil er ihr ab und zu schreibt, dass es so ist. Es ist ihr noch nicht aufgefallen, dass jeder Umgang mit Alastair jetzt eine Wiederaufnahme ihrer eigenen, privaten Passionsgeschichte ist.

> Ich bin immer noch dabei zu lernen, wie ich eine Art tagtägliches Gleichgewicht erhalten kann. Aber du fehlst mir wirklich. Ich habe immer wieder Träume, in denen ich innerhalb des Traums aufwache – ich hatte einen langen, ausgedehnten Traum, dass ich dich heirate –, du warst am Teich in einem weißen Kleid, und ich wollte Nägel mit Köpfen machen und sagte, ich liebe dich und verdammt, das werde ich jetzt tun. Ich muss damals so 25 gewesen sein. Ich wachte weinend auf.

Caroline stand in ihrem Jagdkostüm in dem Hotel in Minneapolis, bevor sie mit dem Schauspieler und seinem Gönner und der Frau aus Pienza, die sich für Abflüsse interessierte, zum Abendessen ging, und dachte darüber nach, ob sie Alastair anrufen sollte, der jetzt für seine Tochter in einer Küche Abendessen machte, während Kiefern an die Fenster streiften, fünf Meilen von dem Haus entfernt, wo die aufgemalte Trauerweide die Esszimmerwand bedeckte und wo seine Großmutter Carolines Handgelenk umkrallt und ihr gesagt hatte, sie dürfe immer nur San-Marzano-Tomaten kaufen. Da sie nicht in die Zukunft sehen konnte, hatte sie keine Ahnung gehabt, dass sie zwei Jahrzehnte ihres Lebens Tomatensauce kochen und jedes Mal beim Öffnen einer Dose mit Tomaten diesen Krallengriff um ihr Handgelenk spüren würde.

Sie rief Alastair an oder auch nicht. Es war eigentlich unwesentlich. Sie wusste zu dem Zeitpunkt oder wusste auch nicht, dass ihr damaliger Ehemann, der die Telefonrechnung bezahlte, ihre Anrufe kontrollierte. Sie war damals zu bezaubert, um sich vorstellen zu können, dass der Kokon ihrer Ehe, den sie von Großzügigkeit und ironischer Nachsicht erfüllt sah, nur so lange halten würde, bis der Mondfalter beim Ausbreiten der Flügel diese an der Flamme versengen würde. Sie begriff nicht, dass sie sich durch ein Tippen auf den blauen See des Bildschirms mit einer wilden Brombeerranke an den Schlitten der Schneekönigin gebunden hatte. Auf dem Tisch standen weiße Blumen, als sie im Schnee in dem Hotel ankam. Ihr Mann hatte sie geschickt. Im Spiegel schneite es. Sie gab sich einen Ruck, zog ihren Mantel über und verließ das Zimmer.

Ist das alles? Die ganze Geschichte? Eine Frau, die ein Telefongespräch macht oder auch nicht? Du kannst sie erzählen oder auch nicht. Ich glaube, sogar jetzt kann Caroline noch Alastairs Stimme heraufbeschwören. Es spielt kaum eine Rolle, was er sagt, oder was sie zu ihm sagt. Weißt du noch, als wir auf der Bank im Park saßen und

du sagtest, du hörtest nur auf den Klang meiner Stimme?
Und ich sagte, du hörst nicht zu.

*

Als Caroline und Alastair sich kennenlernten, liefen im Radio ständig Lieder übers Telefonieren. »Hanging on the Telephone«, von Jack Lee für seine kalifornische Gruppe The Nerves geschrieben, war das erste Stück auf der Blondie-LP *Parallel Lines*, die 1978 erschien. Lee sagte von dem Lied: »Sogar Leute, die mich hassten – und davon gabs genug –, mussten zugeben, dass das Lied echt gut war.« Debbie Harry, die Leadsängerin von Blondie, hörte es zum ersten Mal in einem Taxi in Tokio. Als sie zurück in den Staaten war, hatten sich die Nerves aufgelöst und Blondie nahm das Lied auf, das mit einem Telefonläuten beginnt. »I'm in the phone booth, it's the one across the hall / If you don't answer, I'll just ring it off the wall.« Auf die Frage, ob das klingelnde Telefon nur ein Verkaufstrick sei, sagte der Produzent: »Ein Verkaufstrick? Wir reden von Blondie!« 1962 sang Mary Wells mit ihrer Stimme aus Sandpapier und Zigaretten auf der B-Seite der Single *Two Lovers* das Smokey-Robinson-Lied »Operator«:

> I can hear my long gone lover
> I've waited such a long long time
> So please operator
> Put him on the line, I want him on the line

Auf dem vierten britischen Studioalbum der Beatles, das Ende 1964 rauskam, heißt die erste Nummer auf der ersten Seite »No Reply«. John Lennon erinnerte sich später: »Ich weiß noch, wie Dick James danach zu mir kam und sagte: Ihr werdet besser – das war eine ganze Geschichte. Offensichtlich hatte er davor gemeint, dass meine Lieder den Faden verlieren.«

> I tried to telephone
> They said you were not home
> That's a lie.

1972 brachte T. Rex »Metal Guru« heraus. (2008 zählte das e-magazin Freaky Trigger das Lied zu den hundert besten Rock-and-Roll-Nummern aller Zeiten.) Der Bandleader Marc Bolan sagte über die Zeilen *Metal guru, is it true / all alone without a telephone*: »Ich glaube an einen Gott, aber ich habe keine Religion. *Metal Guru* ist irgendwie jemand ganz Besonderes, es muss eine Gottheit sein. Ich dachte, so muss Gott sein, ganz allein ohne Telefon. Ich gehe jetzt nicht mehr ans Telefon.«

Die Lieder kamen in kreiselnden Wellen aus der Mitte des schwarzen Teichs der LP, die sich auf dem Plattenteller drehte, während die Nadel den Kreisen der Rillen folgte. Manchmal sprang die Nadel. Die Schallplatte bekam leicht einen Kratzer, dann sprang die Nadel noch mehr, sie beschrieb dabei einen Bogen wie ein hüpfender Stein auf dem Wasser. Manche Platten wurden so oft angehört, dass beim Auftreffen der Nadel auf die erste Rille ein Zischen ertönte. Es war ein Zeitalter der Nadeln: Die Nadel am Ende des Tonarms, die Nadel und der Schaden, den sie anrichtete, Panik in Needle Park, ein paar Straßen stadteinwärts von der Ecke an Central Park West, wo Caroline Alastair 1986 zum letzten Mal gesehen hatte, zwei IRT-Haltestellen entfernt von der Eighty-Sixth Street, wo sie zehn Jahre lang jeden Tag am Bahnsteig auf den Zug Richtung Downtown wartete, Minuten und Stunden, die sie als bitterkalt in Erinnerung hat, was unmöglich immer der Fall gewesen sein kann. Weil es – abgesehen von Briefen, die Tage oder Wochen dauern konnten, wenn jemand in Mozambique oder London war – nur eine Möglichkeit gab, eine Person zu erreichen, ließ man das Telefon endlos läuten, wenn man einmal gewählt hatte, die Klangwellen blähten sich wie Netze oder lange Seile. 1977 war das Stück »Telephone Line« des Electric Light Orchestra in den Top Ten in den USA, Australien und Großbritannien, und es war Nummer eins in Kanada.

*Hello, how are you?*
*Have you been all right?*
*Through all those lonely, lonely, lonely, lonely, lonely nights?*
*That's what I'd say, I'd tell you everything*
*If you'd pick up that telephone.*

Wie »Hanging on the Telephone« beginnt auch dieses Lied mit einem Telefonklingeln. Der Gitarrist Jeff Lynne, der »Telephone Line« schrieb, erzählte: »Um den Ton am Anfang hinzubekommen, also diesen Ton eines amerikanischen Telefons, haben wir von England nach Amerika angerufen, bei einer Nummer, von der wir wussten, dass niemand abheben würde. Dann haben wir am Moog ganz genau diesen Ton hergestellt, indem wir die Oszillatoren auf die Tonlage der Klingeltöne gestimmt haben.« Um dieselbe Zeit nahmen die Modern Lovers das Lied »I'm Straight« auf, von dem Jonathan Richman sagte, es fange genau die Stimmung ein, »wenn man am Telefon auf einmal nervös wird, und es einem irgendwie elend ums Herz ist und man plötzlich sehr traurig wird«.

*I called this number three times already today*
*But I, I got scared, I put it*
*Back in Place, I put my phone back in place.*
*I still don't know if I*
*Should have called up*
*Look, just tell me why don't ya if I'm out of place*

Etwas elend ums Herz und sehr traurig – das war sie, in einem Lasso aus Klang, dem Klingeln eines Telefons in einem leeren Zimmer, fest gefangen, wie Kay an den Schlitten der Schneekönigin gebunden war, und an den Draht der Liebe, der sie immer tiefer in den Wald zog, wo glitzernde Eisfänge wie Zähne von den Bäumen hingen und der Vollmond schien. 1974 schrieb Joan Baez

»Diamonds and Rust«, den Titelsong des Albums, das im folgenden Jahr herauskam. Vor der Rolling Thunder Revue Tournee fragte Dylan sie: »Singst du auch das Lied von den blauen Augen und Diamanten?« »Das über meinen Mann?«, fragte sie. »Verdammt, was weiß ich«, sagte er. »Ja«, sagte sie, »ich kann es singen, wenn du willst.« Später erzählte sie einem Interviewer, wie Dylan sie aus einer Telefonzelle irgendwo im Mittleren Westen angerufen hatte und ihr den Text von »Lily Rosemary and the Jack of Hearts« am Telefon vorlas. *It's just that the moon is full and you happened to call.*

*

Und so brauchte Caroline in ihrem Hotelzimmer im Mittleren Westen eben nicht mit Alastair zu sprechen. In Minneapolis war es so kalt, dass es verglaste Korridore über der Straße gab, die zwischen den hohen Gebäuden verliefen. Man brauchte nicht hinauszugehen, um sich durch die Stadt zu bewegen. Stattdessen ging man in Glasadern über den Straßen, die ganz in Schnee gehüllt waren, wo die Ampeln rot und grün flackerten wie Monitore im Krankenhaus. In der Geschichte von der Schneekönigin sucht Gerda nach Kay, und niemand kann ihr helfen. In dem Stück wartet Solveig auf Peer Gynt, der in ihren Armen stirbt oder auch nicht. Wo ist Peer Gynt gewesen, seitdem wir uns das letzte Mal gesehen haben?

Wo war ich, in der Brust den göttlichen Geist,
Auf der Stirn den Namenszug, den Er geschrieben?

Viele Gespräche, die Alastair mit Caroline führt, drehen sich um die Jahreszeiten: Winter, Frühling, Sommer. Weil er nicht mit Caroline reden konnte, weil er – zu Recht oder Unrecht, oder besser gesagt: fälschlicherweise, das gibt es auch – meinte, er – oder auch sie – habe eine Wahl getroffen, die ihn von dem, was er hätte sein sollen, wegführte, war das Reden mit Caroline für Alastair wie ein Kippeln auf dem Rand der bekannten Welt. Deshalb schrieb er ihr nachts Briefe.

*Diese Szene lasse ich aus, wenn du nichts dagegen hast.* Caroline grübelt darüber nach. Welche Szene würde sie auslassen? Wenn das Telefon auf ihrem Schoß im Kino vibriert, schaltet sie es aus und wartet auf die aufgesprochene Nachricht. Dann stellt sie ihren Einkauf im Gang ab – vor dem Film hat sie am Markt Obst gekauft – und geht auf die Damentoilette im Foyer. Das Kino hat vier Säle. Am Kiosk kauft sie einen Becher Earl-Grey-Tee, es gibt dort auch Sandwiches zu kaufen, Schinken, Räucherlachs, Eiersalat. Gelegentlich kauft sie auch einen Schokoriegel. Als Kind hat sie viele Geschichten gelesen, in denen eine kleine Gruppe Freunde mit fünf Rosinen und einer Tafel Schokolade überlebt. Meistens waren es britische Kinder, sie befanden sich in der vorübergehenden Obhut älterer Verwandter, die in düstere Erinnerungen an Vergangenes verstrickt waren, und sie strandeten auf einer Insel oder verirrten sich im Wald. Diese Schokoladentafeln waren dick und süß, und sie hatten einen leicht körnigen Nachgeschmack, heutzutage wären sie ihr zu süß: Cadbury-Schokolade. Als Kind hatte sie nicht viel übriggehabt für den Wald, fürs Zelten, für Nässe. Was ihr gefiel, war die Vorstellung des Strandens. Wenn ihre Kinder heute ihre Handtasche nach etwas Süßem durchwühlen, werden sie meistens fündig. Als sie im Kino ihre Karte am Einlass zeigte, wo das Personal sie vom Sehen kennt, freute sie sich, dass der Film, den sie sehen wollte (wenn ein Film sie langweilt, schleicht sie sich manchmal in einen anderen Saal und schaut sich an, was dort läuft, bis die nächste Vorstellung wieder an den Punkt gelangt, an dem sie zum Film stieß), in einem Saal gezeigt wird, der nah an der Toilette liegt. Caroline kaufte sich ihren Tee, ging in die Toilette und setzte sich auf die Lederbank, um die Sprachnachricht zu hören. Gegenüber der Bank hängt ein Spiegel. Caroline hat sich sicher schon hundert Mal in diesem Spiegel betrachtet, mit einem kleinen Kind an der Hand, in einer Fliegerjacke, einem Steppmantel, einem Regenmantel, beim Nachziehen des Lippenstifts, bevor sie ihren Mann draußen trifft, um mit ihm essen zu gehen, oder nach Hause zurück, um den Babysitter zu bezahlen. Im Spiegel schneit es nicht; inzwischen ist es Ende April oder Mai, fünf Jahre nach dem eisigen Abend in Minneapolis. Es ist zwölf Tage vor Alastairs Geburtstag.

Caroline denkt an Etta Place. Es gibt sehr wenige Dinge, über die Caroline nicht redet, nur über dich redet sie nicht. Das ist schade. Nein, ist es nicht. Und sie redet nicht über Alastair, jedenfalls nicht oft. »Der Junge, mit dem ich nach dem College zusammengelebt habe«, sagt sie etwa. Damals fand sie Zurückhaltung wichtig, ein Biss am Sandwich konnte zu einem nächsten führen, sie würde den Zeh aus dem Wasser ziehen und aufhören zu warten, auf den Anruf von Charon zu warten, darauf zu warten, dass er sie fortträgt, stattdessen würde sie ihn vorüberziehen lassen, ohne ein Wort mit ihm zu wechseln, ohne nach einer Zigarette zu fragen, ohne zu fragen: *Avete il tempo?* Charon weiß immer die Zeit, er hat immer Zeit. *Er nimmt sich die Zeit.* Ein Kind, das meint, wenn es die Augen schließt, ist es unsichtbar. Ich muss das schnell zusammenheften, bevor uns der bellende Hund weckt. Wenn ein Traum einen anderen ablöst, ist es dann derselbe Traum? Das muss nicht sein. Das werden wir ja sehen. Aber denk dran, wenn die Birne reif ist, wird sie von selbst vom Baum fallen. Caroline hielt es mit einem Bissen nach dem anderen. Und sie sagt dir, einem kleinen Jungen, der Süßigkeiten in seinen Taschen versteckt, weil er geizig ist, du sollst still sein. *Caroline und Caroline, Caroline und Alastair, Alastair und Alastair.* Du erzählst dir eine Geschichte, um dich aufzuwecken. Doch er war noch da, auch in dem Augenblick, als sie aufwachte, noch. Ja, und wir wissen ja eigentlich überhaupt nichts davon, wie das ausging, oder – er konnte ja auch ein Esel sein.

Auf wessen Anruf wartete sie denn nun? Deinen – sie wartet darauf, dass du sie anrufst. Aber jetzt geht's darum, bei Caroline zu bleiben. Sie nicht schwanken zu lassen. An jenem Abend im Januar 2008, als Caroline Alastair nicht vom Telefon in dem Hotelzimmer anrief, wo es schneite, kein Gespräch an einen anderen Ort bestellte – Maine –, wo es mit Sicherheit auch schneite oder gerade geschneit hatte oder jeden Moment anfangen würde zu schneien, da hatte sie Alastair in den letzten dreiundzwanzig Jahren genau einmal gesehen, drei Monate zuvor, in der Nacht in dem Haus, wo sie am rauchenden Kaminfeuer Lagavulin tranken und Würste aßen. Was wollte Caroline? Als Kind war sie fasziniert gewesen von Geschichten von Mystikern, die auf glühenden Kohlen gehen konnten. Ihre Füße haben eine hohe Wölbung, aus bestimmten Winkeln betrachtet wirken ihre Füße deformiert. Ihre Ferse passt genau in die Wölbung ihres Fußes. Mit elf Jahren sieht ihre jüngste Tochter aus wie eine Prinzessin, die in eine Katze verzaubert worden ist. Wenn sie zu Hause ist, weicht sie Caroline nicht von der Seite. Sie liest den *Hobbit* in Carolines Bett, ihr T-Shirt hat sich über ihren Schneemann-Leggings hochgeschoben. Vor ein paar Wochen las Caroline neben ihr die Zeitung und bemerkte die Hüfte ihrer Tochter, die Beckenschaufel, die sich unter ihrer Haut aus ihrem Becken wölbte wie ein Vogelknochen, und ihre Gedanken strudelten zurück zu einer Szene vor fünfundzwanzig Jahren, sie war seit wenigen Wochen zwanzig, sie lag auf dem Sofa in der Wohnung in der Horatio Street, in der Alastair mit seiner großgewachsenen Freundin wohnte, und sie wachte langsam auf. Es war sehr früh am Morgen, das honiggelbe Licht warf erst kleine Flecken auf das Bambusrollo. Sie stellte sich schlafend. Später – da lebten sie zusammen, er verschwand immer mal wieder, kam zurück, die Arme voll Flieder, ohne einen Groschen mitten in der Nacht oder früh am Morgen – hielt er ihre Hüfte, als wollte er sie aus der Pfanne reißen, und sagte: »Scheiße, werd mal erwachsen, das musst du«, als könnte er seine Finger ganz unter diesen Knochen schieben und sich etwas wünschen.

*And he made a little fiddle of her breast bone*
*Oh the wind and rain*
*The sound could melt a heart of stone*
*Cryin' oh the dreadful wind and rain*

Eine elektrische Pflanze, die in einem verborgenen Wald pulsiert. Ein Anblick aus der Vogelperspektive. Die Zeichnung eines Mädchens mit einer Spirographennadel – Zeitverschwendung. In der Zeit, die verging, seit Caroline Alastair aus dem Hotel in Minneapolis, wo es im Spiegel schneite, angerufen hatte oder auch nicht, war ein Wald zwischen ihnen emporgewachsen. Als Caroline zu Weihnachten in der Küche des Hauses mit der aufgemalten Trauerweide landete und die Alte ihren mageren Arm packte, war sie mit Unterbrechungen seit zwei Jahren mit Alastair zusammen, oft unter Beschuldigungen und Schreierei, bei denen Caroline das Herz bis in den Hals schlagen spürte, und sie sich ausmalte, wie sie sich von dem Fensterbrett der kleinen Wohnung stürzte, die Alastair und sie in der West Eighty-Fourth Street teilten, und wo sie mit dem Fingernagel an der Tapete kratzte, bis sie riss und darunter Silberpapier zum Vorschein kam.

Soll ich es so erzählen, wie du eine Geschichte erzählen würdest? Du würdest sagen: Am Anfang, als ich gerade aus Turin nach New York gekommen war, hatte ich eine Affäre mit einer Frau, die ich im Bus kennengelernt hatte. Caroline hat Alastair nicht im Bus kennengelernt. Wenn du Geschichten erzählst, sagst du: Es war kompliziert, aber es hat nicht lange gehalten. Für Caroline war es kompliziert, und es ging immer weiter, in einem Wald unter den Stöcken und Blättern, in einem Robinienhain, wo ein verlorenes Federmesser unter der kalten Erde begraben liegt. Jahrzehnte später schrieb Alastair Caroline, was ihn immer so verwirrt habe, sei ihre Nettigkeit gewesen. Mit dem Nettsein ist es jetzt vorbei, denkt Caroline. Es gibt zwei Carolines, diejenige, die versteht, was man zu ihr sagt, und die andere, die es versteht, aber sich trotzdem die Kleider zerreißt, die Caroline, die versteht, dass man so liegt, wie man sich bettet, und die Caroline, die in ihrem Bett liegt und schlechte Träume hat, von denen sie viele selbst gemacht hat, sie hat sie mit der Nagelschere ausgeschnitten. Als ihre Kinder klein waren und einen Alptraum hatten, ging Caroline zu ihnen, streckte die Hand aus und sagte: »Gibs mir!«, und sie steckte die Hand damit in ihre Tasche. Sie hat niemanden, dem sie ihre Träume übergeben kann. Jetzt sagen ihre Kinder ihr, sie solle sich mal hinsetzen, sie geht unentwegt im Kreis in der Küche, nimmt einen Laib Brot heraus, legt ihn zurück. Wenn sie eine Geschichte anfängt, verdrehen die Kinder die Augen und sagen: »Wozu das alles?« Nach fünf Minuten – Caroline sitzt jetzt, sie hält die Tasse mit kaltem Kaffee in der Hand – sagen sie: »Das hast du uns schon erzählt.« Sie wissen noch nicht, dass die wiederholten Geschichten die wichtigen sind, dass es der Sinn einer Geschichte ist, wiederholt zu werden, in der Geschichte ist ein Märchen, eine Walnussschale, ein winziges Boot, eine Blechbüchse, sie sagt: Zuerst erzähl ich dir das Ende. Denn der Anfang ist wie jeder Anfang.

Die Blätter der Robinien fallen schon. Bald kommt der Winter. Ich kehre in die Stadt zurück und gehe durch den Park, an dem Orchesterpavillon vorbei. Ich werde im Schnee hin und her fahren wie das Mädchen in der Geschichte. Doch was ist mit Gerda passiert? Hast du sie im Schnee stehen lassen? Nein, diese Geschichte geht zu Ende. Gerda findet Kay, und der Splitter in seinem Herzen schmilzt, und sie gehen zurück in ihr Zuhause – es gehört jetzt Gerda, Zeit ist vergangen, die Großmutter ist tot. Die Sterne im Himmel über dem Stadtplatz, wo Kay zum ersten Mal die Schlittenglocken gehört hat, stehen scharf in der kalten Luft. Aber Caroline? Sie ist der Junge, der Glasskulpturen macht, die sich mit Licht füllen, sie ist die Frau, die eine Zigarette ausdrückt, die Wasser auf kalten Kaffeesatz gießt; das Läuten der Schlittenglocken ist der Ton, den ein Triangel macht, wenn er angeschlagen wird, denn letzten Endes ist es unmöglich für sie, nicht mit einem Fuß draußen zu sein, vor der Tür, die Klinge Licht aus der halbgeöffneten Tür schert das Dunkel. Ist sie Kay und nicht Gerda? Caroline wollte so gerne diejenige sein, die liebt. Gut. Und kannst du mir jetzt ein Glas Wasser holen, wenn ich dich darum bitte?

*Bei der Szene passe ich, wenn du nichts dagegen hast. Ich weiß, wie sich das anfühlt, und es sieht ganz nach dir aus.* Einen Monat nachdem Caroline sich in Maine mit Alastair getroffen hatte, nach der Fahrt durch die lange geweißte Gasse zwischen Bäumen, den schneepockigen Birken, war sie auf einer kleinen Landstraße in Connecticut im Auto in Tränen ausgebrochen, und sie fuhr an den Straßenrand. Doch das – diese Anwandlung, wie sie es nennt, als hätte ein großer Vogel sie mit den Krallen gepackt und emporgetragen – liegt nicht an Alastair, wie sie jetzt weiß, sondern an ihr selbst, es ist ein Moment, den sie so weit getrieben hat, denn wenn dieser über den Rand des Abgrunds stürzt, kann sie zur Seite treten und dem Sturz zusehen, so wie der Vogel, der die Beute loslässt und sie zerschellen sieht, im Riss eines Steinbruchs, dessen marmorartige Äderung übersät ist mit zerbrochenen Zweigen. Sie kann bezaubert zur Seite treten, während der Moment über den Rand stürzt, sie kann wie aus großer Entfernung zuschauen, wie er die Gasse der Zeit hinuntertrudelt, und hinter ihr tut sich eine Tür auf zu einem kleinen Raum, der sich nie ändert, eine kleine Babytrage, ein Filzeichhörnchen, ein blau angemaltes Spielzeugtelefon, und ein altes Hängetelefon aus einer Spielzeugtelefonzelle. »Wer spricht?«, fragt sie, als es klingelt. Wenn sie aufgeregt ist, zieht sie an ihren Fingern, die eine Hand reißt an der anderen, als wollte sie die Finger nacheinander aus ihren Gelenken zerren. Als Caroline sehr klein war, und auch später noch, sang ihr Vater ihr vor. Er sang gern. Anfangs waren es Lieder. All die Lieder waren kleine Geschichten. Wenn Caroline am Rand des Abgrunds stand, sang sie sich Fetzen dieser Lieder selber vor, immer wieder von vorn, kleine Gesänge: *me and Mamie O'Rourke, in Dublin's fair city, he promised to buy me a bunch of blue ribbons, the old gray goose is dead*. Die Lieder bewegten sich tief in ihrem Innern, trugen Fracht, kleine Boote auf den Flüssen, die Caroline waren. Verfrachtungen. Wenn sie aufgeregt ist, zieht sie an ihren Fingern. Es ist eine unfreiwillige Geste, ihre Finger bleiben an ihren Ringen hängen. Nur wenn es einmal in Gang ist und vorwärts rast, nur dann kann sie sagen: *Halt*.

*Bei dieser Szene passe ich lieber.* Als Caroline diesen Film sah, saß sie hinten im Kino und wartete darauf, dass du anrufst. Das wird sie nicht wieder tun, sie ist älter und klüger geworden (oh doch, sie wird es wieder tun, jawohl!). Sie wird sich im Griff haben. Aber auf was wartete Caroline im Park? Hat er angerufen? Ja. Er hatte sich damals in eine andere verliebt, in eine Frau, die in einem Café arbeitete. Er verließ seine Frau. Caroline besuchte ihn, er wohnte in einem heruntergekommenen Apartment in Orono, über einem Wohltätigkeitsladen. Dann war er wieder in Caroline verliebt. *Ich habe nie aufgehört, dich zu lieben*, schrieb er vor einem Monat. Dann rief er an, um ihr zu sagen, dass er wieder heiraten wollte, eine Frau, die er in der Bücherei kennengelernt hatte. Caroline ging zu der Hochzeit. Tatsächlich? Noch nicht. Bald wird es schneien. Der Hund wird auf dem Teppich am Kamin schlafen, sie wird ihre Hand nicht vor Augen sehen. Aber es ist besser, wenn man aus großer Entfernung sieht, hast du gesagt. Erinnerst du dich noch an das Wort für Kaminherd in dem Gedicht von Montale? *Il focolare*. Du hast dich nicht erinnert, du musstest es nachschauen. Warum redest du mit meiner Stimme in deinem Mund? Weil ich darauf warte, dich zu sehen, zu sehen, was passiert – ich habe angefangen, dir von Caroline zu erzählen, damit ich es beweisen kann. Beweisen – was? Ein gebrochenes Herz. Ich habe die Geschichte erfunden, um sie dir zu erzählen. Sie sollte einhundert Tage dauern. Weißt du, vielleicht ist es am besten, wenn man nicht alles so genau weiß.

\*

Ein Ende geht so. Im August 1985 machte Alastair ein Interview mit Siad Barre für den landesweiten Radiosender, bei dem er als Reporter angestellt war. Ist Alastair für das Interview mit Siad Barre nach Mogadishu geflogen oder machte er es in New York? Egal, wo es stattfand, das Interview dauerte sieben Stunden. Nach ein paar Stunden Gespräch hatte Alastair sich in ihn verliebt. Oder er hatte sich in das Anliegen des Volkes verliebt, in die Vorstellung eines neuen Stadions in Mogadishu, in den Slogan: »Niemand kann den Sonnenschein daran hindern, zu uns zu kommen.« Es ist egal, in was er sich verliebt hat, am Ende dieses Tages hatte er beschlossen, nach Somalia zu gehen. Er besorgte sich Auftragsjobs für alle möglichen Publikationen, und nach Weihnachten flog er nach Somalia. Einen Monat später kam er zurück. Er wollte nach Afrika ziehen und wollte, dass Caroline mitkam. Sie lehnte ab. Sie hatte ihren Beruf gern, sie arbeitete bei einer Einrichtung, die versuchte, Gebäude von historischem Interesse vor dem Zerfall zu retten, dort verbrachte sie ihre Tage mit Schreiben und Recherchieren und gelegentlichen Besuchen in baufälligen Kirchen oder Gebäuden, wo einst bekannte, inzwischen allerdings leider vergessene Maler oder Bildhauer gelebt hatten. Sie hatte genug von der Beziehung mit Alastair. Auch wenn er im Land war, verschwand er tagelang oder ging tagelang nicht aus der Wohnung. Dann schwänzte er die Arbeit und trank den ganzen Tag. *Das nur kann ich dir bieten: diese Welt wie ein Messer. Ich bin so klug, ich habe mir die Lippen zunähen lassen.*

Um sich abzulenken, ließ sie sich von einem Mann hofieren, der viel netter war als Alastair. Das war Peter, der für die Stadtchronik der New York Times schrieb und viel Zeit damit verbrachte, Polizisten oder Vertreter der Stadträte zu interviewen. Es deprimierte ihn, dass Woche um Woche und Jahr um Jahr dieselben Dinge auf die immer gleiche Art und Weise außer Kontrolle gerieten, doch hatte er sich angesichts dessen eine heitere Gelassenheit bewahrt. Alle paar Wochen trug er ihr in der Blue Bar im Algonquin Hotel die Ehe an. Mittwochs und manchmal auch freitags fuhr sie downtown und traf sich mit einem tschechischen Dichter, der gern mit ihr in ein indisches Restaurant an der Bethune Street ging und mit ihr Schach spielte, nachdem sie miteinander geschlafen hatten, was gewöhnlich sehr schnell ging. Er gewann fast immer, auch sehr schnell. Manchmal nahm er sie auf Partys mit. Caroline kam er damals sehr alt vor. Carolines Großvater hatte ihr ein paar Eröffnungszüge beigebracht, aber diese waren sehr durchschaubar. Züge für Babys, sagte der Dichter liebevoll, und das ist ganz richtig so, denn du bist ein Baby. Beim Schachspiel trug sie seinen blauen Veloursbademantel. Wenn er in seinem Haus auf dem Land war, das abseits der Straße auf einem riesigen Feld lag, rief er sie auf ihrem Bürotelefon an und redete über die Amseln, die auf dem Zaun saßen und ihn durchs Fenster anschauten. Das seien die Geister seiner Eltern. *Warum nicht*, dachte Caroline.

Caroline wollte nicht nach Somalia ziehen. Sie wollte Alastair heiraten und zwischendurch wollte sie mit dem Dichter in seinem blauen Bademantel Schach spielen und von Peter zum Essen eingeladen werden. Nein, es stimmt nicht ganz, dass sie Alastair heiraten wollte. Sie wollte eine Version von Alastair heiraten, die nicht existierte, einen imaginierten, großherzigen Alastair, doch stattdessen liebte sie ihn und nicht den Dichter oder Peter, weil sie es mit niemandem lange aushielt, der nicht ihr Herz brach. Das war die Epoche der Langspielplatten: Man konnte die Nadel an jeder beliebigen Stelle auflegen. Als Alastair zum dritten Mal nach Mogadishu fuhr, weigerte sich Caroline wieder, mit ihm zu gehen, und empörte ihn noch zusätzlich, indem sie alleine aus New York fort in die kleine Küstenstadt zog, wo sie als Kind die Sommer verbracht hatte.

Doch jetzt, wie Alastair bemerkte, wenn sie gelegentlich am Telefon redeten und die Leitungen knisterten, als würden die Kabel selbst in Feuer und Wasser getaucht, jetzt war es Winter: Winter war eine Jahreszeit, die sie miteinander verbrachten. Es war heiß in Mogadishu, sie konnte das kalte Haus hinter sich lassen, zu ihm kommen und sich an seiner Seite aufwärmen. Sowohl Caroline als auch Alastair hatten sich eine Anhänglichkeit an die Orte bewahrt, wo sie als Kinder ihre Sommer verbracht hatten, in Carolines Fall immer verbunden mit fordernden Ritualen: Schwimmunterricht in der Kälte bei Tagesanbruch, dann Segelübungen, bei denen sie beigebracht bekam, um einen orangen Rettungsring im tiefen Wasser herum hin und her zu wenden und die ertrinkende Schwimmhilfe zu retten, indem sie fast auf Anschlag herankam, ein Ausdruck, der sie immer verwirrte. Im Hafen waren die Gezeiten so ausgeprägt wie fast nirgends sonst auf der Welt, bei Ebbe ging es um drei, vier Meter hinunter und kam dann wieder herangerauscht wie ein Zug. Eine Meile weit draußen lag ein Schiff, das die Marine für Zielübungen benutzte, und dahinter eine verschwundene Insel, die bei Ebbe zum Vorschein kam. Als sie klein war, war diese Insel ein Ziel für längere Segelpartien. In ihren Alpträumen vermischten sich das Zielübungsschiff und die Insel. Das Schiff hatte die Insel bombardiert, und deshalb war sie verschwunden. Der Krieg war noch nicht lang vorbei, solche Dinge, das wusste sie, waren möglich.

»Aber Winter«, sagte Alastair. Anstatt nach Mogadishu zu fahren, zog Caroline in ein kaltes Haus mitten im Dorf. Im Haus spukten zwei Schwestern, deren Geister in dem schiefen, verzogenen Obergeschoss lebten, wo die Zimmer vollstanden mit eisernen Bettgestellen und Lampen, die irgendwann neu verkabelt werden sollten, alte Lampen mit komplizierten Steckern und Steckdosen, altmodisch, nicht zu gebrauchen. Manchmal gingen mitten in der Nacht die Lichter ganz von selbst an und aus. Später sollte sie in einer Wohnung in New York leben, in der angeblich drei taube Schwestern gewohnt hatten – rote Glühbirnen waren so installiert, dass sie den Schwestern anzeigten, wenn die Türklingel ging –, und dort fielen ihr diese Lampen wieder ein. Sie wusste damals nicht – wie sollte sie auch –, dass sie selbst in dem Haus spuken würde, in das sie fünfundzwanzig Jahre später zurückkehren sollte, und ihr jüngeres Ich würde sie anfangs bezaubern und ihr schmeicheln und sich dann gegen sie wenden, ein böses Kind, dessen Anblick sie im Dielenspiegel erhaschte, einer aufwendigen Angelegenheit, gekrönt mit glotzenden Putten, ein weises Kind, das nur zwei oder drei Eröffnungszüge gelernt hat.

Wie hätte sie es wissen können? Du denkst jetzt: Jede Person mit etwas Verstand hätte es gewusst oder hätte es vorausblickend geahnt, doch diese Person hoffte sie erst zu werden. Aber wie? Caroline war Amerikanerin, ihr Spähfernrohr wies ihr einen Platz im Zentrum des Universums zu, jenseits davon gab es noch Orte, zu denen der Zugang versperrt war: der Eiserne Vorhang, den sie sich mit ihrem dürftigen historischen Wissen als eine Art Metallgitter vor der Fassade eines baufälligen Ladens vorstellte, wo Streichhölzer und Karbolsäure, wer weiß was verkauft wurden, der Kreml einer Zukunft, die nicht einmal beim Licht eines Isopropylbrenners zu erkennen war. Wer war diese Person, die sie gern gewesen wäre? Eine Person, die nicht die Frage »Wann war der Kalte Krieg zu Ende?« in das eintippen musste, was man heute mit verschrobener Präzision »Suchmaschine« nennt, als handele es sich um etwas Kohlebetriebenes. Die Antwort: einen Augenblick lang, dann: nie. Später, als sie schon einige Zeit in dem Haus verbracht hatte, fand sie ein von ihrem ersten Mann gemaltes Bild, das in dem Übergang zwischen Speisekammer und Esszimmer steckte, ein rosagoldener Sonnenuntergang über der Küsteneinbuchtung, wo sie als Kind den Rettungsring vorm Ertrinken bewahrt hatte. Doch inzwischen war es ein Haus in einem Traum, sie fand sich nicht darin zurecht. Als sie dort wohnte, das könnte sie schwören, führte eine Tür von der Küche ins Vorderzimmer. Die Tür war verschwunden. In dem Winter, als sie in dem Haus lebte, startete die Space Shuttle Challenger und explodierte nach dreiundsiebzig Sekunden, zerbarst über dem Atlantik vor der Küste von Florida, und alle Insassen kamen ums Leben. Das war noch vor dem Internet, trotzdem wussten fünfundsechzig Prozent der Bevölkerung Amerikas binnen einer Stunde von dem Unglück. Caroline erzählte es Alastair, der an diesem Morgen über Sprechfunk anrief. Nachdem sie aufgelegt hatte, ging sie durch die Tür ins Vorderzimmer, die Tür, die jetzt nicht mehr da ist, und stellte sich eine aufschäumende Rauchwolke vor, und Alastair ohne Hemd, wie er eine Zigarette rollte, in einem Zelt, wo die Luft an seiner Haut klebte. Neben der Tür standen verschiedene Kochbücher aus den siebziger Jahren. Wenn man sie aufschlug, segelten alte Rezepte – Boeuf Stroganoff, Hühnchen-Timbale, Ausschnitte aus Zeitungskolumnen – wie braunes Laub heraus. Viele Rezepte trugen Namen, die ein beschreibendes Substantiv enthielten: Truthahn Surprise, Zucchini Fantasia, Pfirsich-Bombe. War die Bombe einmal explodiert, sah alles danach aus wie eine Bombe; es war sogar möglich, sie zu zähmen, zu etwas anderem zu machen. Eine Insel konnte verschwinden. Das Geräusch von Teppichen, Klopfen.

»Es ist Winter«, sagte Alastair. Ihre ... nicht ihre Liebesbeziehung, sondern ihre Lebensweise folgte einem Rhythmus, nach dem sie im Winter zusammen waren, und im Sommer, aufflackernd, erweckt aus ihrem langen Schlaf, Feuerwerke zündelnd wegen des Krachs, den sie machten, trennten sie sich. Heute sieht sie ein, wie nah sie noch an ihrer Kindheit waren, und dass der Sommer, die Vorstellung einer langen Reihe müßiger Tage – schließlich waren sie ja Amerikaner –, eine Gewohnheit war, mit der sie nicht brechen konnten. Sie trennten sich dann, als ob die Ansprüche ihres Lebens, das so tat, als sei es das Leben von Erwachsenen, ihnen zu viel abverlangten. Alastair schrieb ihr lange Briefe auf liniertem Papier, mit Kugelschreiber, manchmal mit Bleistift; auf den Briefen sind Flecken, als hätte er sie zu lange draußen auf einem Tisch liegen lassen. Ein Streichholz, bei schlechter Laune angezündet. Er schrieb von Feuerameisen und von Interviews, die er bekam oder nicht bekam, vom Klang der Straßen in der Nacht und von dem geschmuggelten Gin, den er trank. Der Shebelle hatte die Farbe von Teer. Es war extrem heiß. Er hatte Fieber und Schüttelfrost. Zu Beginn des Frühjahrs zog Caroline aus dem riesigen zugigen Haus um in eine Hütte im Wald an einem noch zugefrorenen Teich. Es war extrem kalt. Sie trug zwei Hosen übereinander und einen alten Bärenfellmantel, der ihrem Großvater gehört hatte. Sie trug ihn, wenn sie schlafen ging. Es schneite und schneite noch weiter. Sie schlief neben einem gefährlichen Gasofen, der ihre Träume anstachelte. Nachts hörte sie, wie das schwarze Eis barst. In der Hütte war ein Telefon, und ab und zu klingelte es mitten in der Nacht. Es war Alastair. Er würde zurückkommen oder auch nicht. Da diese Unterhaltungen, unterbrochen von langem Schweigen, während dessen Caroline wieder wegnickte und einschlief, in den sehr frühen Morgenstunden im Wald und beim Geräusch von berstendem Eis stattfanden, war sie beim Aufwachen nie sicher, ob sie sie geträumt hatte – Alastairs Stimme, Flügel, die über zwei Ozeane hinweg schlugen, lauter Nachfragen, ob sie wach war. In jenen Jahren damals waren die Verbindungen bei Transatlantikgesprächen oft schlecht.

»Es ist doch Winter«, sagte Alastair. Der Rauch der Challenger sah aus wie das Kielwasser eines Bootes, ein Motorboot, das einen Wasserskifahrer zieht. Ihr Leben lang wird sie beim Gedanken an die Challenger Alastair am Telefon atmen hören und Christa McAuliffe sehen, die die Zugleine hält und in einer Rauchspirale Wasserski fährt, einer Spirale, die sich zu der Form krümmt, die der aufgeworfene Schnee hinter einem Schneepflug beschreibt, ein Augenblick, in dem Joseph Cornell sieht, dass die Krümmung eines Papierschwanenhalses die Krümmung einer aufgeschlagenen Seite in einem Puppenhaus spiegelt, und es ist ein strahlender Bogen, der da beschrieben wird, der Ort, an dem Geschichte wohnt. Ein Ort, wo die verschwundenen Minoer sprechen, ein radioaktiver Moment, der Halbleben hervorbringt. Damals konnte man nicht wissen, dass die *Challenger* mit ihrem provokanten Namen, der *Herausforderer* bedeutet, – und mit einer Lehrerin an Bord! – ein Klischee wurde, eine hausgemachte Katastrophe, ein Desaster in Kinderschuhen, für die fünfundsechzig Prozent der Amerikaner, die es innerhalb der folgenden Stunde im Fernsehen sahen, eine Vorbereitung auf 9/11, das sich fünfzehn Jahre später ereignete. Worin bestand die Herausforderung?, fragte Caroline sich. Was wurde herausgefordert? Es ist kein Fernseher im Haus. Alastair trinkt Gin um acht Uhr morgens in Mogadishu, klatscht Moskitos tot und fragt aus seiner Lehmziegelhütte: »Weißt du noch, der Tag, als wir Schlittenfahren gingen?« »Halt dich gut fest«, sagt Caroline. Alastair beginnt am Telefon zu weinen. Das gefällt ihr doch irgendwie, ihre Fähigkeit, ihn über zehntausend Kilometer Telefondraht hinweg zum Weinen zu bringen. Weil es so extrem kalt ist, ist sie in eine rot-schwarze Wolldecke gewickelt und trägt die Fellpantoffeln, die Alastair ihr mal als Scherz zu Weihnachten geschenkt hat. Die Fellpantoffeln sehen aus wie Hufe, und ihr fällt Mr. Tumnus in Narnia ein, der Faun im Wald. »Komm zurück«, sagt sie zu Alastair, der jetzt ins Telefon weint. Die Leitung ist tot. Caroline versucht, zurückzurufen, sie wählt die lange Ziffernspirale, die Alastair ihr gegeben hat, aber es kommt zu keinem Läuten. Ihr Lieblingsfilm war *Les enfants du paradis.* Viele Jahre später nahm sie ihre jüngere Tochter mit in den Film, die fand ihn so langweilig, dass sie das Kino verlassen mussten. Das schwerelose Schweben in der Zeit bedeutet Caroline alles. *»Vous aviez raison, Garance. C'est tellement simple, l'amour.«* Es ist nicht alles. Sag, was passiert ist.

Was ist passiert? Sie fühlte sich wie das Mädchen in dem Flugzeugwrack in dem Film *Carioca*, das mitten im Film das Inselversteck verlassen muss, weil es die Nerven verloren hat. »Je meurs du silence, comme d'autres meurent de la faim et de la soif.«

*

Du erzählst es mir eigentlich nicht: Es ist, als versuchte man einen Schmetterling aufzuspießen. Ich habe dir diese beiden Schmetterlinge geschenkt, sie hängen jetzt neben deinem Bett wie ein Kruzifix. Es war einmal ein Junge, dessen Eltern ihn liebten, aber ihm nicht viel Aufmerksamkeit schenkten. Welcher Junge? War ich das? Du bist es, und Alastair ist es.

Meine Familie war anders. Dies ist eine Caroline-Geschichte, die von Alastair handelt, sie ist voller Eis. Was war noch mal die Eiszeit? Dies ist nicht die Eiszeit.

Es ist das Festspießen eines Schmetterlings. Die Zeile aus dem *Eissturm*, die Alastair so gern mochte – Caroline musste es nachschlagen –, lautete: »Die Vergangenheit war so vergangen, dass es weh tat«. Ja, besser vergaß man – die Bemerkung einer Figur, recht jung noch, die sich selbst leidtut. Es war mitten im Winter. Wenn Caroline an Alastair denkt, ist es immer eiskalt. In den letzten achtundzwanzig Jahren hat sie ihn ein einziges Mal im Sommer gesehen, mitten in der Nacht, weit draußen auf dem Land. Ansonsten bilden sich Eiskristalle, wenn sie an ihn denkt, Linien, die mit einem Diamanten in gefrorenes Glas eingeritzt worden sind. Ein Jahr, vielleicht auch weniger, bevor er nach Mogadishu ging – genau kann sie sich nicht erinnern –, hatte er über ein Ereignis berichtet und musste sich dann aus irgendeinem Grund in einem Hotel in Wilmington einnisten, weil ein Schiff namens Grand Eagle zigtausende Liter Öl in den Delaware-Fluss abgelassen hatte, in der Nähe von Marcus Hook.

Sie hatte damals den Zug genommen, um ihn im Hilton zu treffen, wo seine Kleider im ganzen Raum verstreut herumlagen und er offensichtlich Transkripte für die Presse zu Papierflugzeugen gefaltet hatte – ein Zimmer in Mexiko-Stadt, wo sie Jahre später zusammen waren, sah genauso aus –, und er hatte auf dem Bahnsteig auf sie gewartet. Es war so kalt, ihr Atem quoll in Wolken auf. Sie stieg aus dem Zug direkt in seine Arme. Das war dreißig Jahre her. Auf dem Kragen seines Daunenparkas war ein streifiger Fleck, und er roch nach Drum-Tabak. Jahrelang konnte sie an der Kasse kleiner Läden nicht den Blick zu dem Regal mit Tabak und Zigaretten heben, wo die dunkelblauen Zellophanpackungen lagen: Halfzware shag. Sie kam aus der geöffneten Tür des Waggons direkt in seine Arme, die Zigarette, die er weggeworfen hatte, als die Türen sich öffneten, eine glühende Zündschnur auf dem Boden des Bahnsteigs, als wäre er selbst eine Bombe, die gleich in die Luft gehen würde. Jemand von der Heilsarmee klirrte mit Glöckchen in einer Haltebucht. *Once in royal David's city...*

*Als Kay von seinem Schlitten auf dem Stadtplatz aufblickte, riefen ihm die Glöckchen zu: Komm mit.*

Als Caroline damals auf dem Bahnsteig aus dem Zug in Alastairs Arme trat, sollte sie sich zum letzten Mal in ihrem Leben zu Hause fühlen. Torheit. Wie Etta sagt: »Bei dieser Szene passe ich lieber, wenn du nichts dagegen hast.« Bei welcher Szene würde Caroline gerne passen? Noch jahrelang sollte sie träumen, dass sie auf winterlichen Bahnhöfen umstieg, die verschneite Landschaft vorübergleiten sah. Laut Fahrschein musste sie in Odense umsteigen. Doch entweder löste sich der Bahnsteig unter ihren Füßen auf, sobald sie aus dem Zug stieg, oder sie sah sich selbst durchs Fenster, den Kopf über ein Buch gesenkt, in einem Zug, der in die Gegenrichtung fuhr.

Zum ersten Mal schlief sie mit Alastair im September 1982, es war mitten in der Nacht, und alle Lichter waren aus. Das Licht war aus? Du willst doch gern das Licht anhaben, ein wenig jedenfalls. Ich wusste damals nicht, was ich wollte! Sie hatten sich im Dunkeln auf der Terrasse unterhalten, die damals nur aus Dachpappe und Glasscherben bestand, hatten geraucht und Gin getrunken. Als Caroline zum ersten Mal mit Alastair schlief, war das Licht an. Es war mitten in der Nacht in New York im

September 1982. Sie hatte es nicht vorgehabt. Sie waren befreundet. Einmal, im Sommer drei Jahre zuvor, hatte er ganz früh am Morgen verstohlen versucht, sie auszuziehen, er hatte vorsichtig ihr T-Shirt über die Brüste geschoben, während sie so tat, als schlafe sie, doch für Caroline war es wie ein Traum, und die Vision davon, die manchmal die Flügel über ihr ausbreitete, wenn sie mit anderen irgendwo auf Alastair wartete, vor dem Kino oder nach dem Unterricht, er immer damit beschäftigt, gegen den Wind eine Zigarette anzuzünden, die Hand um die Gasflamme aus dem Feuerzeug gewölbt, war wie eine Wolke in ihrem Augenwinkel, ein Stück Glut. Es war sehr spät, und er sagte: »Wenn ich jetzt nicht gehe, gehen wir ins Bett«, und sie dachte keine Sekunde darüber nach. Nein. Im dämmrigen Licht spürte sie seinen Rücken, während er sich über sie bewegte, der Rücken war gewellt wie Karton oder Baumrinde. Sie fühlte es unter ihren Handflächen. Alastair bewegte sich auf ihr und um sie, er war beharrlich. Er roch nach Drum-Tabak und Gin und noch etwas anderem – Talkumpuder. Caroline war zweiundzwanzig, und Alastair vierundzwanzig. Im Dunkeln konnte sie nichts genau sehen oder ertasten, aber die Wölbungen auf seinem Rücken waren wie ein Fischskelett, wie die Knochen der Vierfüßer, die aus dem Meer kamen und sich das Festland eroberten. Sie sangen ihr entgegen, Knochen am Knorpel, Fisch in der Pfanne. Eine Fiedel aus ihrem Brustbein.

Du bist immer in Eile, meinst, nichts wird halten. Aber es hält. Schau, wie lang Dinge halten! Sieh dir Caroline und Alastair an! Ich will da keine Geschichte. Aber sie ist da, *bella*, sie ist da!

Sein Rücken war gestriemt. Unter ihren Fingern fühlte es sich an wie Cordsamt. Als Kind hatte sie gelernt, woher das Wort Cord stammte: corde du roi. Wenn der König schlammigen Boden überqueren musste, wurde der Weg für seine Kutsche mit einem Pfad aus Holzscheiten geebnet. Konstruiert, wie die meisten Erklärungen. Das fiel ihr da ein, als ihre Hand über seinen Rücken strich. Sein Rücken fühlte sich an wie Klaviersaiten. In dem Haus in einem Vorort von Boston, in dem sie aufgewachsen war, stand ein riesiges, schwarzes glänzendes Klavier, das Stutzflügel genannt wurde. Wie wäre es ungestutzt, fragte sie sich. Es hatte Tasten wie eine Schreibmaschine. Caroline lernte das Tippen auf dem Klavier, bevor sie begann, Schreibmaschine zu schreiben; auf gewisse Weise ist beides dasselbe für sie. Das Klavier bleckte die glänzenden weißen Zähne, wenn sein langer schwarzer Mund offen stand. Darunter roch es kalt und staubig. Wie das Grab, dachte Caroline, die Worte kamen ungerufen, sie hatte keine Ahnung, wie ein Grab roch. Unter ihren Fingern konnten die dicken fest gedrehten Saiten des Klaviers zum Vibrieren gebracht werden, ganz leicht. Sie nahm Unterricht, dann gab sie es auf. Manchmal denkt sie heute, sie würde gern wieder Klavier spielen lernen; sie kann überhaupt nicht mehr spielen, bis auf die allerersten Takte einer Invention von Bach, an die sich ihre Finger erinnern. Als sich Alastair das erste Mal über sie bewegte, sich gegen sie drückte wie eine Stimmgabel, eine Wünschelrute auf der Suche nach Wasser, wie ein Münzsucher auf einem großen weiten Strand (den Kopf hatte er in ihre Halsbeuge gedrückt, sie trug einen Kreolenohrring, der sich in ihrem Haar verfing), erinnerte sie sich zum ersten Mal seit Jahren daran, wie sich die Klaviersaiten angefühlt hatten. Was ist das?, dachte sie. Sie hatte die Gabe, wie Kinder sie besitzen, Dinge hinzunehmen, wie sie kamen, ohne einen Gedanken an ihre eigene Entscheidungsfähigkeit zu verschwenden. Die Vorstellung, dass Alastair sich jahrelang nicht von ihrem Bett erheben würde, hätte sie verblüfft und etwas erschreckt. Hätte sie nach Bildern hinter ihren geschlossenen Augen gesucht, wären sie vielleicht erschienen: Blakes Engel der Auferstehung, ein Windrad. Und später aus dem Tarotkartendeck die Zehn der Schwerter.

Während Alastair sich über Caroline bewegte, pflückten ihre Hände an seinem Rücken wie Vögel, die in Furchen nach Samen suchen. Das einzige Licht kam von dem Fenster her, das ein gelbes Viereck auf die Gartenmauer warf. Jahre später sollte Caroline sich mit einem Künstler anfreunden, der mit Licht arbeitete. Er installierte in einer Galerie eine Kamera, die das Licht aus einem Fenster auf eine leere Wand projizierte. Aber was war das wirkliche Fenster? Alastairs Hände arbeiteten sich in ihren Körper, bis sie ein umgestülpter Handschuh war.

Viel war nicht an Caroline dran. Später sagte Alastair, er spüre auf der Oberfläche ihrer Haut sich selbst in ihrem Innern.

Als Kinder spielten Alastair, sein Bruder und seine Schwester Fangen im Dunkeln, wenn sie im Sommer in Maine waren. Weil die Geschwister kleiner waren, bekamen sie große Taschenlampen, und Alastair bekam das, was übrig war, ein kleines Blinklicht, wie man es an Schlüsselringen trägt, um beim Aufsperren das Schloss im Dunkeln zu beleuchten. Sie spielten unter den Bäumen – sie sahen aus wie Glühwürmchen, sie glitzerten, johlten und schrien. Manchmal versuchten sie, ganz leise zu sein, und die Lichter schwangen und schimmerten ohne Laut. Weil Alastair das kleine Licht hatte, war er unsichtbar.

Er war unsichtbar. Das waren die 1970er, ohnehin achtete niemand besonders auf Kinder. Auf dem Land war es noch anders als in der Stadt. Als sie zurück in der Stadt waren, zurück in der Schule mit Bus und Mathehausaufgaben und früher Dunkelheit, gewöhnte Alastair sich an, abends mit seinem kleinen Taschenlämpchen durch den Central Park nach Hause zu gehen, anstatt den Bus zu nehmen. Er horchte auf Eulen. Anfangs suchte er sich eine Bank am Wasser und saß da. Damals ging niemand laufen, es war still. Wenn er spürte, dass sich jemand näherte, verschwand er. Ihm gefiel die Vorstellung von Flucht, das Gefühl, durch den Wald zu fliehen. Der Park wurde ein dunkler Innenraum in seinem Herzen, der ihm gehörte. Er kannte ein Mädchen, das er ganz gern mochte. Auf seiner Schule waren nur Jungen, aber er kannte auch Mädchen, Schwestern oder Freundinnen von Freunden. Ihr helles Haar stand wie eine Wolke um ihren Kopf, wie Löwenzahn. Später spielte sie in einer Band. Caroline kannte sie entfernt, sie ging mit ihrem Bruder zur Schule, jahrelang war sie eine Nymphe in Alastairs Träumen. Doch Mädchen, auch dieses, kamen später ins Spiel. Er bewegte sich wie eine Katze, wie ein Junge mit einem Geheimnis. Er wollte testen, wie fest die Nähte der Welt waren, die ihn umgab, er kam spät nach Hause und dann noch etwas später, erzählte, er habe die Hausaufgaben bei einem Freund gemacht, ein Projekt in Naturwissenschaften. Sie arbeiteten an einem Referat über Batterien, an etwas über die Säfte von Bäumen. Er musste sich nur merken, was das Projekt war. Um dieselbe Zeit wurde Caroline in Sudbury von einem Jungen an der Bushaltestelle abgeholt und zur Schule gefahren. Der Junge war ein paar Jahre älter als sie, und er fuhr vorsichtig, schnell. Das Auto war teuer. Sie saß auf dem äußersten Rand des Sitzes, ans Fenster gedrückt. Sie mochte ihn nicht, nicht besonders, aber das Lügen gefiel ihr. Es gefiel ihr, zu sagen, sie sei an einem Ort, während sie an einem anderen war. Es war ihre erste Ahnung von Privatsphäre. Alastair verbrachte die Stunden nach der Schule damit, sich zwischen den Bäumen herumzudrücken. Es wurde früh dunkel. Sobald es dunkel war, schob sich die Kälte heran, ein Zug, der die Gänge wechselt und Dampfwolken ausstößt, die im Aufsteigen gefrieren. Er hatte seine kleine Taschenlampe Ende September verloren, aber das machte nichts. Er bewegte sich wie ein Schatten zwischen den Bäumen. Er trug seinen Schulrucksack wie einen Schild. Manchmal hatte er Blätter oder Baumrinde im Haar, wenn er nach Hause kam. Seine Eltern gingen oft aus.

Seiner Schwester fielen die Blätter in seinem Haar auf, und er überprüfte jetzt sein Spiegelbild im Aufzug. Am Ausflugstag der Schule ging seine Französischgruppe ins Kino, um den Film *L'Enfant Sauvage* zu sehen. Ein Junge, nackt, wurde im Wald gefunden, ein Rudel Hunde hatte ihn aufgestöbert. Das geschah im Jahr 1798. Eine wahre Geschichte. Alastair experimentierte mit dem Nicht-Sprechen. Sein Vater sprach in scharfem Ton mit ihm. Alastair schrieb auf einen Zettel: *Es ist ein Experiment für die Schule, für Französisch.* Das war ein bisschen konfus, aber sein Vater fiel drauf rein. Was sagen Franzosen denn, fragte sein Bruder, *rien*? Er kicherte. Als Caroline klein war, redete Caroline so viel und pausenlos, dass ihr Vater auf langen Autofahrten sagte, er gebe ihr fünf Cent für jede fünf Minuten, in denen sie nichts sagte. Sie lernte, aufzuhören zu reden. Schweigen passte zu dem Geruch des Kunstleders, dem dicken Fenster am Rücksitz, das halb heruntergedreht war, dem Spitzenmuster aus Pollen auf der Fensterscheibe.

Die Schule fiel ihm leicht. Er begriff, dass er machen konnte, was er wollte, solange er gut in der Schule war.

Später, als er im Wald lebte und Caroline anrief, wenn er vor dem Fußballstadion seiner Stadt im Auto saß, weil der Platz überfroren war, begriff er das immer noch, doch inzwischen waren die Tage schwer in den Griff zu kriegen. Er schrieb eine lange Geschichte auf Französisch über einen Jungen und ein Mädchen, die einander liebten, aber von ihrem bösen Onkel entzweit wurden, weil dieser das Mädchen für sich haben wollte. Er dachte an das Mädchen mit dem Löwenzahnhaar. Inzwischen schneite es.

Inzwischen schneite es. Viele Jahre später, in einem Winter in New York, schneite es im Park. Es hatte seit Tagen geschneit. Die Statue von Schlittenhund Balto nördlich des Zoos war ganz in Schnee eingehüllt, und die schönen Vögel waren aus dem Gehege nach drinnen gebracht worden. Die Bären auf der Uhr, die Caroline als Kind geliebt hatte und die unlängst repariert worden war, hatten Schnee auf ihrem Pelz wie die Bremer Stadtmusikanten, die hierhergebracht worden waren, um sich um die Stunden zu drehen. An dieser Uhr hatte sie die Uhrzeit lesen gelernt, von der Bank aus, wo sie mit ihrem Großvater saß, ihre Pfote in seiner. Genau zu der Zeit, als Alastair in seinem Schulpullover an der Stelle, die später Strawberry Fields werden sollte, seinem Vater einen Ball zuwarf: Klatsch.

\*

Hier sitzen Gerda und Kay zusammen. Sie sind jetzt älter, sie wohnen in einem Doppelhaus, oberhalb des Stadtplatzes, und sie haben die Wand durchgebrochen, so dass es jetzt ein Haus ist, groß und luftig und voller Licht. Die Rosen ranken über die Tür. Gerdas Großmutter ist gestorben. Ihrer beider Kinder sind schon groß. Abends spazieren sie zum Waldrand, an dem See vorbei, der einst überfroren war. Heutzutage wird es nicht mehr so kalt, und der See friert nicht mehr so oft im Winter zu. Brombeeren wachsen um das Seeufer und Fichten. Ihre Hündin geht neben ihnen her, ihr schwarzer Schatten immer ein kleines Stück voraus. Manchmal rufen sie sie: Jetzt komm. Der Himmel, so nah, viel näher als früher, zerspleißt im Sonnenuntergang, rosa und grün. Manchmal, wenn sie sich zusammen hinlegen, spürt Gerda ein Zucken unter seiner Haut, ein Beben. Die Spuren des Glöckchenkorsetts der Schneekönigin sind zu flackerndem Mondschein verblasst. Sie sprechen hauptsächlich miteinander. Das ist schon lange so. Manchmal klingelt das Telefon. Ferngespräch, sagte Gerda zu Kay. Der Spiegel über dem Kaminsims – *Sul caminetto*? Ja – ist vor Alter fleckig, aber er spiegelt das Licht im Zimmer, winters und sommers. Kay schreibt für eine Lokalzeitung eine Rubrik über Vögel. Eine luftverseuchende Epidemie, die die ganze Welt befallen hatte, ist gerade vorüber, doch jetzt hat er wieder eine Nachtigall im Wald gehört, so wie früher in seiner Kindheit. Die Nachtigallen sind zurück, und die Schwalbenschwanz-Schmetterlinge und weitere Geschöpfe, Spitz- und Feldmäuse legen unter den Baumwurzeln wieder ihre Bauten an. Die achteckige Bank in der Mitte des Platzes, wo sein Schlitten zu Splittern zerschellte, ist schon lange wiederhergestellt. Sie ist grün gestrichen, und jedes Jahr lässt die Stadt die Bank ausbessern und neu anstreichen. Was den Schlitten selbst angeht – die Enkelkinder, die im Winter zu Besuch kommen, fahren lieber Ski, aber die Kleine in ihrer Jacke mit dem aufgestickten Bären und der einen schwirrenden Biene lässt sich gern von ihr über den Schnee ziehen. Manchmal wird es sehr kalt, und Eiszapfen hängen über der Tür wie die Zähne eines gewaltigen Tieres, eines Mammuts oder eines Pottwals, und wenn sie aus dem Schlund des Hauses hinausschaut, dort vom Türeingang unter dem Oberlicht aus, horcht sie auf Glocken. *Bei dieser Szene passe ich lieber*, denkt sie, *wenn du nichts dagegen hast.*

Doch es ist, als geschehe es wieder, diese Welt wie ein Messer, die sich mit den Falten eines japanischen Fächers auftut, eine Schneeszene, sorgsam mit Figuren umrissen ... Caroline, Federmesser, Kay, Gerda. »Wo bist du gewesen, seitdem wir uns das letzte Mal gesehen haben?«, sagte Peer Gynt zu Solveig.

Aber das ist doch ein Märchen, oder nicht? Dann erzähl mir doch etwas, das keines ist. Die Wolken zausten sich über dem Schloss Belvedere, wo wir, viel länger noch nach jenem Schneetag, am Bethesda-Brunnen saßen und du sagtest: *Ci siamo innamorati, ma non sappiamo cosa fare al riguardo.* Du bist ein Schulmädchen, du bist immer verliebt, und deine Schachzüge sind die eines Kindes. Du brauchst nur einen blauen Bademantel, um anzufangen, Achmatova zu zitieren. Und dann klingelt das Telefon, und jemand sagt: »Sitzt du gut?« Das Gewirr von Drähten, rot, blau, orange, violett. Und durch die Leitung das Geräusch einer Explosion, ganz nah, ein Streifen Schrift am Himmel, die sich in einer Rauchwolke zunichtemacht. Aber das ist besser als die Stille, ja?

Ich habe Caroline und Alastair im Schnee stehen lassen, im Central Park, vierzig Jahre trennen sie, sie mit der Pelzmütze, ihn mit dem Federmesser. Inzwischen hat er ein anderes Messer. Ja, ich kann dir nur das anbieten: diese Welt wie ein Messer, das ist tatsächlich das, was er gesagt hat. Es stimmte. Aber es war nicht an ihm, das anzubieten. Man schenkt der oder dem Liebsten in der Regel nicht etwas, was diese schon haben. Und was war es? Die Eidechse der Angst. Der Junge, der die Robinienwurzel kerbt, der gefrorene Teich mit seinem Kranz aus Ebereschenblättern. Just gestern – an dem Tag, an dem ich mit den Blumen kam? –, ja, an dem Tag, als du mit den Blumen kamst, gestern hat Caroline eine Nachricht von Alastair bekommen. Was stand in der Nachricht? Er schrieb, er denke immerzu an sie, es sei die Jahreszeit, die sie nie durchhalten konnten. Wie kam das? Hör auf, hör auf zu fragen. Warum? Ich finde, du fragst zu viel und gibst zu wenig zurück. Blumen. Blumen sind nicht alles. Ich glaube, weil sie dann die Kälte hätten hinter sich lassen müssen. Sie hätten ihre Trauer aufgeben müssen. Lass mich zu ihnen zurückkehren, an die Stelle, wo sie, vierzig Jahre zwischen sich, bei den Sportplätzen stehen wie die Figuren einer Pantomime. Nein. Lass sie in Ruhe.

*Sie stieg aus dem Auto und machte sich auf den Weg den Pfad hinunter zur Scheune (es waren viele Autos dort geparkt, es war weder das falsche Datum noch die falsche Uhrzeit), sie sah Alastair sofort, ein Tupfer weiße Tünche gegen den Rasen, doch er sah sie nicht. Ein kleines Mädchen war da in einem rosa Tüllrock und ein Mann mit Dreadlocks bis auf den Rücken hinab, kompliziert geflochten wie ein japanischer Bambuskorb. Er beugte sich über das kleine Mädchen. Die weißen Iris waren wunderschön in diesem Jahr, eine Flotte von Faltern am Teich, und Maria und Otto waren dort. Gemeinsam entzückten sie sich laut an den Iris. »Ich hab mich verfahren«, sagte sie. Otto sah sie forschend an. »Mir gingen tausend Dinge durch den Kopf«, sagte sie. »Man kann in einem durchfahren bis nach Halifax«, sagte Maria, »das ist mir mal passiert.« Maria, Alastairs Mutter, hatte jetzt weißes Haar. Sie schwiegen kurz und dachten nach. Ich werde vergessen, sagte sie sich. Als Hochzeitsgeschenk hatte sie einen rotglasierten Teller mit dem Bild eines Vogels gekauft. Es war etwas, das sie selbst gerne gehabt hätte, etwas, für das sie keine Verwendung hatten, wie sie wusste. Beim Eintreten in die Scheune roch sie Kiefer, Wasser und Teerseife, und sie hörte das Wasser rauschen. Sie stieg die Treppe zum Dachboden hinauf und lehnte die Stirn an den Spiegel. Da. Da bist du, dachte sie, als ob das Spiegelglas sich ihrer erinnerte – dieser Spiegel insbesondere, dort auf dem Sekretär aus Ahornholz –, sah weniger, als dass er erinnerte. Die volle Ladung, dachte sie. Vom obersten Treppenabsatz sah sie sich mit zwanzig, lesend auf dem Sofa, ihre Finger auf der Paspel des Kissens. Damals kümmerte es sie, wenn er sie anging. Du machst mich zunichte, sagte er. Ich bin nicht der, für den du mich hältst. Ich bin das nie gewesen, dachte sie, ihr Gedanke war der Flügel eines Monarchfalters. Bei der Zeremonie sollten sie am Teich stehen, aber es war zu nass. Dann Otto unten am Fuß der Treppe. Er hatte sie aufgestöbert. Fünfminutenwarnung. Fünf Jahre war es her, im Juni, um Mitternacht hatte sie mit Alastair im Nachleben gestanden, bis zu den Knien in dem schwarzen Teich zwischen den weißen Iris, die Stichlinge saugten an den Steinen, Sterne regneten herab. Sie hatte eine Hängematte entknotet und zwischen den Bäumen aufgehängt. Dreißig Jahre war es her, da gingen sie durch tiefen Schnee, die Straße beschrieb eine Acht unter der überdachten Brücke. Jetzt stand sie mit Maria, seiner Mutter, die sie nie hatte leiden können, an den Zaun gedrückt, wo es trocken war. Sie konnte nicht hören, was er sagte, seine Lippen bewegten sich. Etwas über Liebe. Sie erinnerte sich an das Geräusch, das seine Lippen machten, wenn sie über die Telefonmuschel streiften. Das kleine Mädchen in dem Tüllrock drehte sich auf der Stelle, ihr Rock stand waagrecht, ein Windrad in einem Sonnenflecken. Wo konnte er diesen Anzug aufgetrieben haben? In Portland gibt es einen ordentlichen Schneider, sagte Otto. »Du lieber Himmel.«  Sie kannte ihn, seit er ein Junge war. Sie rückte ihren Hut zurecht. Hinter seiner Schulter sah sie eine Haube aus blondem Haar und einen verwischten Flecken rosa Seide, aber sie konnte ihr Gesicht nicht sehen. Sie war vor Kummer außer sich gewesen, aber jetzt war es vorbei. Sie hatte den Schmetterling in der Falle gefangen, seine gemusterten orangen Flügel, sie hatte einen Namen ins Feuer gegeben. Die Pappeln warfen Schatten auf die Iris. Sie spürte, wie Wind aufkam. Sie blickte an der Scheune vorbei auf die Steine, über die das Wasser rauschte. Ich werde dort nicht mehr sitzen, dachte sie. Das Laub im Haselhain leuchtete golden. So ein Glück, dass sich das Wetter gehalten hat. Er hatte ihr den Rücken zugedreht. Sie machte keinen Versuch, auf ihn zuzugehen, sie blieb bei Maria und Otto sitzen. »Nach all der Zeit«, sagte Otto. »Nach all der Zeit.«*

# DANKSAGUNG FÜR GENEHMIGUNGEN

Ich danke für die Abdruckgenehmigung folgenden Materials:

Zeilen aus: »I'm Straight« by Jonathan Richman. Copyright © 1933 Rockin' Leprechaun Music (ASCAP), administered by Wixen Music Publishing, Inc. All rights reserved. Used by permission.

Zeilen aus: »No Reply«, Words and Music by John Lennon and Paul McCartney. Copyright © 1964 Sony Music Publishing (US) LLC, 424 Church Street, Suite 1200, Nashville, TN. Reprinted by Permission of Hal Leonard LLC.

Zeilen aus: »Operator«, Words and Music by William Robinson Jr. Copyright © 1962 Sony Music Publishing (US) LLC, 424 Church Street, Suite 1200, Nashville, TN. Reprinted by permission of Hal Leonard LLC.

Zeilen aus: »Rocket Man (I Think It's Going to Be a Long, Long Time)«, Words and Music by Elton John and Bernie Taupin. Copyright © 1972 Universal–Songs of Polygram International, Inc. Reprinted by Permission of Hal Leonard LLC.

Zeilen aus: »Telephone Line«, Words and Music by Jeff Lynne. Copyright © 1976, 1977 Sony Music Publishing (US) LLC, 424 Church Street, Suite 1200, Nashville, TN. Reprinted by permission of Hal Leonard LLC.

DANKSAGUNGEN

Mein Dank gilt Pierre Alexandre de Looz, Edwin Frank, Jane Mendelsohn, Leanne Shapton und Susan Wiviott fürs Lesen und Wiederlesen, und für Gespräche; Jonathan Galassi und Katharine Liptak bei Farrar, Straus and Giroux; Sarah Chalfant und Luke Ingram bei der Wylie Agency, deren anhaltendes Interesse diese Seiten zu einem Buch werden ließ.

# Bibliothek Suhrkamp
Verzeichnis der letzten Nummern

1346 Franz Kafka, Strafen
1347 Amos Oz, Sumchi
1348 Stefan Zweig, Schachnovelle
1349 Ivo Andrić, Der verdammte Hof
1350 Rudolf Borchardts Leben von ihm selbst erzählt
1351 André Breton, Nadja
1352 Ted Hughes, Etwas muß bleiben
1353 Arno Schmidt, Das steinerne Herz
1354 José María Arguedas, Diamanten und Feuersteine
1355 Thomas Brasch, Vor den Vätern sterben die Söhne
1356 Federico García Lorca, Zigeunerromanzen
1357 Imre Kertész, Der Spurensucher
1358 István Örkény, Minutennovellen
1360 Giorgio Agamben, Idee der Prosa
1361 Alfredo Bryce Echenique, Ein Frosch in der Wüste
1363 Ted Hughes, Birthday Letters
1364 Ralf Rothmann, Stier
1365 Arno Schmidt, Seelandschaft mit Pocahontas
1366 Bertolt Brecht, Geschichten vom Herrn Keuner
1367 M. Blecher, Aus der unmittelbaren Unwirklichkeit
1368 Joseph Conrad, Ein Lächeln des Glücks
1369 Christoph Hein, Der Ort. Das Jahrhundert
1370 Gertrud Kolmar, Die jüdische Mutter
1371 Hermann Lenz, Vielleicht lebst du weiter im Stein
1372 Ludwig Wittgenstein, Philosophische Untersuchungen
1373 Thomas Brasch, Der schöne 27. September
1374 Péter Esterházy, Die Hilfsverben des Herzens
1375 Stanislaus Joyce, Meines Bruders Hüter
1376 Yasunari Kawabata, Schneeland
1377 Heiner Müller, Germania
1378 Du kamst, Vogel, Herz, im Flug; Spanische Lyrik
1379 Giorgio Agamben, Kindheit und Geschichte
1380 Louis Begley, Lügen in Zeiten des Krieges
1381 Alejo Carpentier, Das Reich von dieser Welt
1382 Nagib Machfus, Das Hausboot am Nil
1383 Guillermo Rosales, Boarding Home
1384 Siegfried Unseld, Briefe an die Autoren
1385 Theodor W. Adorno, Traumprotokolle
1386 Rudolf Borchardt, Jamben
1387 Günter Grass, »Wir leben im Ei«
1388 Palinurus, Das ruhelose Grab
1389 Hans-Ulrich Treichel, Der Felsen, an dem ich hänge
1390 Edward Upward, Reise an die Grenze
1391 Adonis und Dimitri T. Analis, Unter dem Licht der Zeit
1392 Samuel Beckett, Trötentöne/ Mirlitonnades
1393 Federico García Lorca, Dichter in New York
1394 Durs Grünbein, Der Misanthrop auf Capri

1395 Ko Un, Die Sterne über dem Land der Väter
1396 Wisława Szymborska, Der Augenblick/Chwila
1397 Brigitte Kronauer, Frau Melanie, Frau Martha und Frau Gertrud
1398 Idea Vilariño, An Liebe
1399 M. Blecher, Vernarbte Herzen
1401 Gert Jonke, Schule der Geläufigkeit
1402 Heiner Müller/Sophokles, Philoktet
1403 Giorgos Seferis, Ionische Reise
1404 Christa Wolf, Nachdenken über Christa T.
1405 Günther Anders, Tagesnotizen
1406 Roberto Arlt, Das böse Spielzeug
1407 Hermann Hesse/Stefan Zweig, Briefwechsel
1408 Franz Kafka, Die Zürauer Aphorismen
1409 Saadat Hassan Manto, Schwarze Notizen
1410 Arno Schmidt, Die Gelehrtenrepublik
1411 Bruno Bayen, Die Verärgerten
1412 Marcel Beyer, Flughunde
1413 Thomas Brasch, Was ich mir wünsche
1414 Reto Hänny, Flug
1415 Zygmunt Haupt, Vorhut
1416 Gerhard Meier, Toteninsel
1417 Gerhard Meier, Borodino
1418 Gerhard Meier, Die Ballade vom Schneien
1419 Raymond Queneau, Stilübungen
1420 Jürgen Becker, Dorfrand mit Tankstelle
1421 Peter Handke, Noch einmal für Thukydides
1422 Georges Hyvernaud, Der Viehwaggon
1423 Dezső Kosztolányi, Lerche
1424 Josep Pla, Das graue Heft
1425 Ernst Wiechert, Der Totenwald
1427 Leonora Carrington, Das Haus der Angst
1428 Rainald Goetz, Irre
1429 A. F. Th. van der Heijden, Treibsand urbar machen
1430 Helmut Heißenbüttel, Über Benjamin
1431 Henri Thomas, Das Vorgebirge
1432 Arno Schmidt, Traumflausn
1433 Walter Benjamin, Träume
1434 M. Blecher, Beleuchtete Höhle
1435 Edmundo Desnoes, Erinnerungen an die Unterentwicklung
1436 Nazim Hikmet, Die Romantiker
1437 Pierre Michon, Rimbaud der Sohn
1438 Franz Tumler, Der Mantel
1439 Munyol Yi, Der Dichter
1440 Ralf Rothmann, Milch und Kohle
1441 Djuna Barnes, Nachtgewächs
1442 Isaiah Berlin, Der Igel und der Fuchs
1443 Frisch, Skizze eines Unglücks/Johnson, Skizze eines Verunglückten
1444 Alfred Kubin, Die andere Seite
1445 Heiner Müller, Traumtexte
1446 Jannis Ritsos, Monovassiá
1447 Volker Braun, Der Stoff zum Leben 1-4

1448 Roland Barthes, Die helle Kammer
1449 Siegfried Kracauer, Straßen in Berlin und anderswo
1450 Hermann Lenz, Neue Zeit
1451 Siegfried Unseld, Reiseberichte
1452 Samuel Beckett, Disjecta
1453 Thomas Bernhard, An der Baumgrenze
1454 Hans Blumenberg, Löwen
1455 Gershom Scholem, Die Geheimnisse der Schöpfung
1456 Georges Hyvernaud, Haut und Knochen
1457 Gabriel Josipovici, Moo Pak
1458 Ernst Meister, Gedichte
1459 Meret Oppenheim, Träume Aufzeichnungen
1460 Alexander Kluge/Gerhard Richter, Dezember
1461 Paul Celan, Gedichte
1462 Felix Hartlaub, Kriegsaufzeichnungen aus Paris
1463 Pierre Michon, Die Grande Beune
1464 Marie NDiaye, Mein Herz in der Enge
1465 Nadeschda Mandelstam, Anna Achmatowa
1467 Robert Walser, Mikrogramme
1468 James Joyce, Geschichten von Shem und Shaun
1469 Hans Blumenberg, Quellen, Ströme, Eisberge
1470 Florjan Lipuš, Boštjans Flug
1471 Shahrnush Parsipur, Frauen ohne Männer
1472 John Cage, Empty Mind
1473 Felix Hartlaub, Italienische Reise
1474 Pierre Michon, Die Elf
1475 Pierre Michon, Leben der kleinen Toten
1476 Kito Lorenc, Gedichte
1477 Alexander Kluge/Gerhard Richter, Nachricht von ruhigen Momenten
1478 E. M. Cioran, Leidenschaftlicher Leitfaden II
1479 Christa Wolf, Kein Ort. Nirgends
1480 Renata Adler, Rennboot
1481 Julio Cortázar/Carol Dunlop, Die Autonauten auf der Kosmobahn
1482 Lidia Ginsburg, Aufzeichnungen eines Blockademenschen
1483 Ludwig Hohl, Die Notizen
1484 Ludwig Hohl, Bergfahrt
1485 Ludwig Hohl, Nuancen und Details
1486 Ludwig Hohl, Vom Erreichbaren und vom Unerreichbaren
1487 Ludwig Hohl, Nächtlicher Weg
1488 Fritz Sternberg, Der Dichter und die Ratio
1489 Felix Hartlaub, Aus Hitlers Berlin
1490 Renata Adler, Pechrabenschwarz
1491 Pierre Michon, Körper des Königs
1492 Joseph Beuys, Mysterien für alle
1493 T. S. Eliot, Vier Quartette/ Four Quartets
1494 Walker Percy, Der Kinogeher
1495 Raymond Queneau, Stilübungen
1496 Charlotte Beradt, Das Dritte Reich des Traums
1497 Nescio, Werke
1498 Andrej Bitow, Georgisches Album
1499 Gerald Murnane, Die Ebenen

1500 Thomas Kling, Sondagen
1501 Georg Baselitz/Alexander Kluge, Weltverändernder Zorn
1502 Annie Ernaux, Die Jahre
1503 Roberto Calasso, Die Literatur und die Götter
1504 Friederike Mayröcker, Pathos und Schwalbe
1505 Cees Nooteboom, Mönchsauge
1507 Gerald Murnane, Grenzbezirke
1508 Miron Białoszewski, Erinnerungen aus dem Warschauer Aufstand
1509 Annie Ernaux, Der Platz
1510 Sophie Calle, Das Adressbuch
1511 Szilárd Borbély, Berlin-Hamlet, Gedichte
1512 Annie Ernaux, Eine Frau
1513 Fabjan Hafner, Erste und letzte Gedichte
1514 Gerald Murnane, Landschaft mit Landschaft
1515 Friederike Mayröcker, da ich morgens und moosgrün. Ans Fenster trete
1516 Marie-Claire Blais, Drei Nächte, drei Tage
1517 Annie Ernaux, Die Scham
1518 Rosmarie Waldrop, Pippins Tochters Taschentuch
1519 Sophie Calle, Wahre Geschichten
1520 Elke Erb, Das ist hier der Fall
1521 Carl Seelig, Wanderungen mit Robert Walser
1522 Cees Nooteboom, Abschied
1523 Wolf Biermann, Mensch Gott!
1524 Peter Handke, Mein Tag im anderen Land
1525 Annie Ernaux, Das Ereignis
1526 Andrej Bitow, Leben bei windigem Wetter
1527 Mary Ruefle, Mein Privatbesitz
1528 Nicolas Mahler; Arno Schmidt, Schwarze Spiegel
1529 Guido Morselli, Dissipatio humani generis
1530 Ludwig Wittgenstein, Betrachtungen zur Musik
1531 Rachel Cusk, Coventry
1532 Samuel Beckett, Proust
1533 Florjan Lipuš, Die Verweigerung der Wehmut
1534 Gerald Murnane, Inland
1535 Katja Petrowskaja, Das Foto schaute mich an
1536 Peter Handke, Zwiegespräch
1537 Marianne Fritz, Die Schwerkraft der Verhältnisse
1539 Annie Ernaux, Das andere Mädchen
1540 Felix Hartlaub, Aufzeichnungen aus dem Führerhauptquartier
1541 Sylvia Plath, Das Herz steht nicht still
1542 Dmitri Prigow, Katja chinesisch
1543 John Jeremiah Sullivan, Vollblutpferde
1544 Esther Kinsky, Weiter Sehen
1545 Ralf Rothmann, Theorie des Regens
1546 Tomaž Šalamun, Steine aus dem Himmel
1547 Maria Stepanova, Winterpoem 20/21
1548 Roger Van de Velde, Knisternde Schädel
1549 Annie Ernaux, Die leeren Schränke
1550 Ludwig Hohl, Die seltsame Wendung
1551 Pedro Lemebel, Torero, ich hab Angst
1552 Søren Ulrik Thomsen, Store Kongensgade 23